catch

catch your eyes；catch your heart；catch your mind……

中年大叔的20個生活偏見

黃威融

中年大叔的20個生活偏見

大叔感情世界

大叔人生滋味

大叔的酒友們

intro

青春當然留不住
大叔生活非常好

終於到了大叔的年紀，無誤。所謂「大叔」，字面上的意思是年過四十歲的中年男性，這樣的年紀，身體和思想早就沒有新鮮啤酒的生猛，而是時間積累後的威士忌才有的濃醇餘韻，和特定年分葡萄酒具備的歷史傳奇。

大叔最迷人的是伴隨年紀擁有的歷練和視野。例如電視台的運動轉播，雖然年輕播報妹妹顏值高，但是內行的轉播單位一定會找上年紀的大叔當球評，他們有本事深入講解總教練的調度哲理，即時引用有參考價值的歷史數據。三十多歲剛退役選手不夠格的，嬌豔動人的妹妹也不行，因為大叔看的不只是比賽，還在想人生的事（精蟲衝腦的少年郎不在討論範圍）。或者我們看旅遊美食節目，我最怕那種打扮漂亮、但無腦袋無口才無人生歷練的美女主持人，可不可以請她先去看安東尼．波登

（Anthony Bourdain）的節目，學學人家如何結合風土和廚藝以及文化脈絡的罵髒話。懂得在恰當的時候罵髒話，這就是真情流露，大叔通常很擅長。

在島嶼到處吃喝玩樂，跨領域哈啦激盪

大叔我三十歲之前就是個文青，大學時期亂聽的音樂、隨便看的電影、收集的咖啡館名片，還有張貼剪報的筆記本有一大堆。前幾年搬家整理房子時意外找出來，那些旋律故事和聚會場景都記得非常清楚。進入後青春期，跟著身邊的大家進行成家立業的事，包括自己在內的大多數都挺不順的；四十歲以後，大叔們的生活都挺艱難沉重的。

在過去幾十年台灣社會經濟發展的公式描述裡，大叔生活的幸福畫面

應該是這樣的：有個顧家的老婆和念明星學校的兩個孩子，買了至少一間貸款付過半的房子；在工作領域是個準備當高階主管的中階菁英，年收入和專業成就在可預見的未來持續增加。不過，這樣的事早就消失了（當然還是有所謂的成功案例，但是數量真的很少，你確定他們真的快樂嗎？），這跟時代有關，要解釋這樣的事該去看論文而不是讀這本雜文書。最讓人悲傷的，是我看到許多按照社會期待執行任務的朋友們，在婚姻中受苦、在公司被折磨、看不到未來。

幸好大叔我不是這樣的人，從文青時期就沒打算過主流幸福美滿的人生。最初是因為雜誌採訪的關係，認識了不同領域的男性專業工作者，相談甚歡、氣味投合、愛吃愛混，我們一群年紀相近的大叔們就此展開島嶼吃喝玩樂聚會，在一次又一次跨領域的哈啦激盪中，覺得大叔生活真好。

我認識的這些大叔幾乎都是某個創作領域（建築攝影美術編輯拍片寫

作……）的狠角色，這類背景的人，工作和生活幾乎混在一起，而且他們的專長會隨著歲月累積出一大堆有料的故事。日子不會白過，淚水絕不白流，大叔當然滿身傷痕，因為青春過、痛哭過、流浪過、幸福過、酸楚過、折磨過、辛苦過。

二〇一六年底有機會寫出這本大叔雜文，念頭的起點是二〇一三年夏天我和幾位大叔好友第一次去都蘭三天兩夜吃喝。那趟行程其實是一群中年創意人建築人設計人影像人編輯人短天數的吃喝集中營，如果你對食物滋味描述能力差（只會說好吃好吃真好吃這種咖滾蛋吧），如果你聽的音樂類型太過主流抒情（我們一致認為幾十年前在本地大紅的肯尼·吉、空中補給、理查·克萊德門這種糖果音樂是毀壞審美能力的重要兇手），如果你覺得開名牌四門房車是功成名就的自我肯定（大叔朋友們都開掀背車或四驅休旅車）……絕對不會是我們的成員。

我覺得過去幾年跟酒友會的大家感情最真，酒沒白喝，食物太好，希望未來公路旅行的里程數可以再增加一些。那是我和這群酒友大叔吃喝事及革命情感的開端（詳細故事請參考〈inside story〉P.288）。

今日世俗大叔想跟昔日叛逆文青和解

實際促成大叔雜文行動的導火線，是二〇一五年十月底在台中舉辦的大好青空市集（台中實心美術擔任主要策劃的週六市集活動，邀請特色小店到台中市區的公園擺攤，每年舉辦一次，第一年是在台南，由「彩虹來了」的小高主辦，第三年在台北由米力總策劃），大叔我受邀擺攤。我想了又想，決定以「黃總編文青雜貨鋪」為主題，與其說我在販賣昔日文青的資產，其實我是想讓今日世俗大叔跟昔日叛逆文青和解，整間店鋪的概念是這樣的：

大好青空 2015 台中限定版
黃總編之文青雜貨鋪
Editor Huang's Selection:
Bread, Wine & Youth

咬麵包，喝杯酒，
以為早就忘掉的青春，其實一直都在。
文藝少年→後青春期→中年大叔

出清存貨，並不是要告別青春期，
而是要跟多年前
那個叛逆、躁進、激動的自己尋求和解，
前面的路還長，過去真的辛苦了……

當天在現場販賣的，主要是中年文青私房物品（逝去店家火柴盒＋旅行明信片＋二手音樂和雜誌……），販賣價格分別是三十、六十和一百二十元。我覺得只賣文青雜貨太乾沒有吸引力，因此配了三款麵包和酒精飲品，麵包口味規劃了三款：

少年文青

單純的咀嚼感，強烈的麵粉氣息，外型不規則，粗糙無妨。

心境描述：就在那多愁善感而多次流淚被很多人拒絕的青春。

後青春期

甜與鹹共同存在，注重外型，某種華麗感，社交性強。

心境描述：錯以為自己渴望動人戀情和穩定關係，努力討好終將分手的對方。

中年大叔

變化的口感，氣味濃重，低音貝斯的存在感，麵包咬感勁道足。

心境描述：滄桑了，世故了，中高層了，轉折了，多話了，善感了，妥協了嗎。

麵包販售方式：半個六十元，一個一百二十元，三個口味各二十個；飲料有三種：紅酒、白酒和氣泡白酒，一杯 150c.c. 賣一百二十元到一百五十元（牽涉單瓶購買成本）。經此一役，我對零售業擺攤陳列定價有了全新的認識，我深深覺得所謂生活類型設計內容的採訪編輯們一定要自己下來擺攤，不要只問店家一些蠢蛋文青和無知消費者在意的CP值和政治正確之類的問題，親自下來體驗就是了。

感謝大好青空，我學到太多。最重要的是幫助我形成這本大叔雜文的核心概念：成為中年大叔後，整個人滄桑了，接近低音貝斯的存在感，咬感勁道足，普遍呈現滄桑了、世故了、中高層了、轉折了、多話了、善感了、妥協了的存在姿態。

大叔的偏見有夠多，這次先寫二十個

所謂的大叔偏見，當然不只是我一個人的偏見，而是酒友會這群大叔在各自人生跌撞體驗得來的深刻意見：關於「環島吃喝」有四個偏見，開車環島很重要，吃喝挑店很重要，在戶外扯屁很重要，找到適合大叔路線的咖啡館很重要；關於「出國旅行」有四個偏見，跟好友參加日本建築團，去南歐從早到晚都在喝酒，去美國看大聯盟一定要買紀念品，去腹肌音樂祭不要只追名團；關於「追劇聽歌」有三個偏見，不同人生階段喜歡不同的日劇，喝威士忌要搭配沙啞歌聲，聽厲害女歌手現場版要配高粱；關於「感情世界」有兩個偏見，大叔通常有前妻，沒有前輩才女紅粉知己大叔活不下去啦；關於「人生滋味」有兩個偏見，認真保養很重要，陪媽媽很重要；最重要的是，大叔一定要有「好幾個酒友」，歡樂時無限暢飲，苦悶時互倒垃圾，挫敗時互相打氣。

感謝酒友會張創辦人，他提醒我一定要繼續揮棒，「打擊率三成」其實是十次揮棒有七次出局的意思，一定要繼續為了做出更好的創意跟客戶來回。感謝宜蘭王董，那年秋天我們專程去台東聽來自中國石家庄的搖滾樂團「萬能青年旅店」（文青大叔超愛，真的精采，歡迎找來聽），在知本的五星級飯店溫泉澡堂全身赤裸的他情深意重地跟我說，寫音樂的事交給你那些朋友吧，能夠把現場山豬肉和啤酒跟萬青音樂扯在一起論述的，只有你了，請你一定要更靠北激進！還要感謝其他酒友們的部分，麻煩翻到〈inside story〉P.288。

最後提醒，以下這些大叔偏見來自我們這群創作人、編輯人、視覺人的生活體驗，多數的本地讀者應該會覺得怪，因為我們這個社會認知的主流意見向來不是來自感性大叔的偏見，而是理性長輩的意見。台灣最大的悲劇是權力資源都集中在法律人、電機人、醫科人手上，他們擅長的是法律條文、運算技術和公式定理，如果台灣要往前，不能再靠他們了。過去幾年和那些有頭有臉的資源擁有者開會，像我這樣的大叔總是被嫌棄不會用Excel、不會看財務報表和沒有經營公司的能力。他們說得頭頭是道，可是我發現他們聽的音樂、穿的衣服、挑餐廳的眼光糟糕透頂，如果我們要做的是感性創造的事業，到底該聽誰的呢？

歷經人生摧殘，大叔當然有偏見，這次先說二十個，強烈建議搭配好酒和適當的音樂，希望你們喜歡。

去大好青空擺攤前，在住家窗台預演攤位配置：下方左邊是麵包，下方中間是各地餐廳名片，下方右邊是酒精飲料；上面則是多年珍藏的印刷品和雜誌。

偏見1

大叔喜歡開車環島

「開車環島公路旅行」是由「開車環島」和「公路旅行」這兩件事構成：「開車環島」是許多男孩擁有第一輛車就熱烈想去做的事，問題是從少年變成大叔後，雖然體力差很多，時間也很難喬，卻愈來愈喜歡開車環島，因為專心開車時整個人會進入一種獨特的存在狀態。所謂的公路旅行，開車本身就是意義和目的。一般人非常好奇一直開車一直開車一直開車……這樣有什麼好玩？是的，一直開車就是環島旅行讓大叔們覺得很爽的關鍵。

還有人問過我，你們一群人開車環島，那你們開幾輛車呢？是不是大家坐在一起聊天啊？正確的答案是，開車環島就像遛狗，每個主人當然是帶自己的狗出門遛，所以每個人都開自己的車，團體裡通常會兩人左右沒那麼愛開車，他們就負責放音樂和聊天。

別以為環島環島開車很輕鬆，出發前一週你當然得檢查車子的狀態，然後偏執如我，一定得準備好幾組「六張ＣＤ」的播放清單——我目前開的是一輛二〇〇五年出廠的德國掀背車，原廠音響配備是六張吸入式ＣＤ音響。常常搭我的車子出差採訪的夥伴都知道，我會要求同車乘客準備六張ＣＤ以確認我們的友誼是否禁得起考驗。六張，足夠判斷一個人對行車狀態的設想和音樂襯底聊天的編輯能力。

中年男子酒友會的環島行程

這幾年我們這群大叔熱中「開車環島公路旅行」，主要是有一個覺得台北到台東開車其實很近的公路控男孩。他的家室和事業都在台北，但是偏偏在台東縣的某個小鎮有個度假屋，因此我們發展出一個「台北↓台東↓台南」的行程模組，原則上的配置是台東兩晚＋台南一晚（選台南的理由還需要多說嗎？那裡的朋友和美食太多）。

所謂的「我們」，是由一群散布台灣設計、空間、影像、飲食和編輯創意的大叔們所組成（為了不使用「文創」這個讓活在台灣的我們感到痛苦的辭彙，我想大家一定可以諒解），在我們內部的通聯紀錄，這個組織代號是「中年男子酒友會」。當這群人聚集在一起，主要進行跨界分享吐嘈和幹譙，我們的共識很清楚：四十歲之後，人千萬不要只跟你同行業的人在一起，因為你們要不是狼狽為奸就是水火不容，所以獅子會扶輪社這類中介組織很重要。跨領域閒扯有助於感性開發，多跟影像感官敏銳的人混，看到的線條、使用的顏色、嘗到的味道、感受的韻律、變幻的音符……和過去單調的自己大不同。

若是往東邊出發，台北到花蓮這段其實好開（一般人不認真開或車子馬力不夠，所以覺得辛苦）。經雪隧到蘇澳，進入蘇花公路非常需要精神集中，通常播放的音樂必須強壯到可以和蘇花的路況對應，我最常選的是厲害古典鋼琴協奏曲或鋼琴獨奏（請想像飛揚琴音和公路岩壁的互動）。若是開夜車，我覺得一九六〇年代末地下絲絨樂團（The Velvet Underground）主唱路·瑞德（Lou Reed）的現場演唱會專輯超適合，他的電吉他強勁有情緒，壯年之後的個人演唱會有好多經典演奏，完全不顯老態。例如二〇〇八年他在柏林演唱〈Sweet Jane〉，真是好聽。

花蓮是個吃東西極好的地方，朋友推薦的羊肉麵和上海菜都非常美味。吃飽繼續往南，趕路的話走台十一海線。大叔開車享受的是那股專心，從花蓮到台東市這段非常漫長，一般人認為的枯燥無趣，對愛開車的大叔來說充滿詩意，這三小時路程，可以聽好多厲害的音樂。

第一天傍晚到台東，多半會在家開伙，吃＋喝＋聊一整晚，然後隔天進行訪友，或者爬山這樣健康的事也曾經做過，非常迷人。台東縣好吃的店不少，要找，例如東河老街（不要只在大路旁邊買包子，要鑽進去）上帥氣義大利人開的小吃店，還有都蘭糖廠對面巷內環境整潔、老闆認真煮麵的麵店。

白州
VIENTO SUR
MARAY

不被年輕人追逐的店鋪讓人覺得舒適過癮

待兩晚後繼續開車旅行，台東往南的南迴公路太平洋海景可說是台灣最好看的一段，看過這段海岸線後，很難接受台灣其他的海岸景觀。南迴比較靠台東這段有一不起眼的路邊服務區稱之為「大鳥」，有幾個當地住民販售油炸食物的小攤，它的臭豆腐和蔥油餅加蛋，搭配原住民風味的調味醬極有特色（大叔提醒：攤子外觀和食物長相一般人覺得不佳）。

從南迴到屏東楓港之後，完全是另一種路況和視野（極為糟糕、令人哀傷、開發過度的那種）。進入台南市區，通常是訪友，四十歲前後擔任設計雜誌總編輯那幾年，台南是我最重要的主場和心靈故鄉，台南的食物更是完全徹底全面改造了我四十歲之前的島嶼飲食。我們常去的一家位在海安路上的燒食烤物鋪，是正興街好友的私房分享，幾年前吃過一次成

開車前當然不喝酒，喝酒是開車到達目的地後最重要的事之一。本情景拍攝於某次酒友會在宜蘭包棟民宿，夏季週間相約下午五點前集合，以義大利氣泡白酒開場。

大叔們都開沒有尾巴的掀背車或休旅車，日常工作也好，環島旅行也好，這樣的車，空間好用並且操控性比四門房車或七人座好太多。這是偏見，是大叔深信的偏見。

通常借住在朋友山中小屋，廚師朋友隨興採買當地食材，隨口問問這次比較想吃的路線，搭配的酒精和音樂我們自己準備即可。這樣的一頓晚餐可以從下午採買傍晚做菜吃喝到午夜。

因為有熟人帶路，每次到東部都有機會認識新朋友，有人在山上耕種創作，有人在有限資源下建造自然概念住宅，有人遍嘗各種食物滋味，醞釀新菜色……真是讓人長見識。

為大叔最愛，幾個月沒吃就有人嘮叨什麼時候要約啊。在這樣的店鋪，老闆都是藝術家，你千萬不要催老闆，放心交給他們，好好等待就是了。

通常會在台南往一晚，偶爾去當地朋友新開的民宿試住，或者多半選擇成大附近的背包客型簡易住宿；早餐就不選擇台式傳統超強的虱目魚粥，到老字號咖啡小店小吃更適切。往北返家就是一場心靈悲劇的開始，開車看著前方烏雲密布的醜陋天空，終究還是要回去這個食物難吃（或說花很多錢才能吃到起碼滋味）、走路速度很快、每個人都很忙的城市啊！

開車環島可以專心聽好多喜愛的音樂

認真回想開車環島這件事，在我的生命裡最重要的一次應該是二〇〇七年擔任設計雜誌總編輯，做出驚天動地的第三期之後的四月初，攝影師、美術總監和我三人一人各開一輛車從台北直接到墾丁過夜，當時的理由好像是散心。隔天一早在鵝鑾鼻附近，攝影師用許多拍攝手法拍了一些黑白公路照片，這批我認為影像風格酷似一九八七年搖滾樂團U2《The Joshua Tree》專輯路線的黑白照片，記錄了那段青春（照片在P.327）。

然後啊，這些年跟酒友會的開車環島音樂，竟然還成為某次演講主題，能夠把吃喝玩樂的事搞得有模有樣，真是服了我那群酒友們。歌單規劃特別收錄如下，仔細看了看，覺得我每次出去玩怎麼都這麼認真啊！

主題設定是行車速度，搭配沿路風景與音樂節奏；設定的路線是從西部南下開高速公路往南到東部。我針對白天和晚上各挑了六首不一樣的歌單：從台北出發走北一高經高架，心情通常不會太好，但有種期待開始放假的心情，先來首傳奇爵士樂手史坦・蓋茲（Stan Getz）的《The West Coast Sessions》選輯其中一首；接著來聽一九六〇年代超紅的海灘男孩（The Beach Boys）的經典專輯《Pet Sounds》；我覺得電台司令（Radiohead）後期的歌超級適合在酷熱的夏天聽，從《In Rainbows》挑一首；開車時我覺得聽保羅・賽門（Paul Simon）的吉他很有節奏感，選這張被我友馬世芳評論為「專輯封面宇宙無敵醜但是歌超好聽」的一九七三年專輯《There Goes Rhymin's Simon》。一群人出去玩，超級適合聽崩世光景（Broken Social Scene）這個加拿大團，樂手人好多，音樂層次豐富，準備開高速時就來放；如果開車時駕駛一直在跟乘客激烈地聊天，講很多話，我們的原住民歌手保卜的吉他專輯超讚的啦。

開夜車的話，聽現場演唱最好了，我安排的六首歌單：打頭陣的是測試汽車音響的發燒片，就是一九九二年吉他之神克萊普頓（Eric Clapton）這張現場專輯《Eric Clapton Unplugged》；接著是英國老牌樂團滾石（The Rolling Stones）翻唱美國傳奇歌手狄倫（Bob Dylan）的經典作品〈Like a Rolling Stone〉，出自一九九五年的《Stripped》專輯；我超喜歡披頭四（The Beatles）保羅爵士（Paul McCartney）的現場表演，二〇〇二這場《Back in the U.S.》，台上的他真的很厲害。

每次開車經過雲嘉南，就想聽台語搖滾，首選就是伍佰 & China Blue 一九九八年的《樹枝孤鳥》；一堆女生翻唱五月天名曲的專輯最適合在晚上開車聽，尤其是梁靜茹翻唱的〈溫柔〉，讓人重複聽好幾遍都不膩；還是要挑首演奏曲襯底，日本老牌薩斯風樂手渡邊貞夫詮釋美老樂手查理．帕客（Charlie Parker）的音樂，真情流露到覺得肉麻，這是我從大學聽到中年的爵士樂，《Parker's Mood - Sadao Watanabe Live At Bravas Club '85》。

說到底，開車公路旅行不是拚速度不是趕時間，是大叔找時間跟自己獨處，這些背景音樂記錄了那些旅程。似乎又該出發去環島了，又要去準備音樂了。

偏見2

大叔喜歡到處吃喝

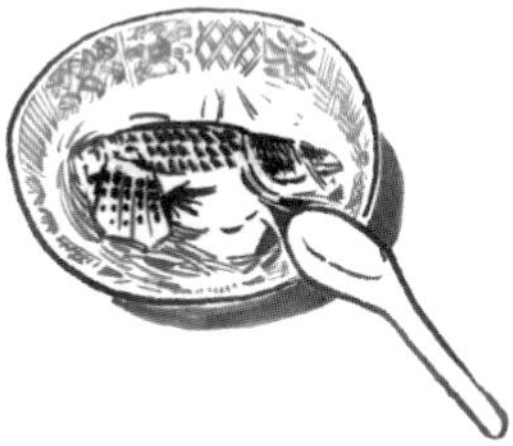

吃吃喝喝是大叔們最在乎的事，真的是這樣啊。不過我們跟那些焦慮著出門旅行一定要吃到當地熱門小吃的人們不同，我們沒時間沒力氣追逐名店而吃，而是去經過朋友分享和生活體驗遇到的店，這才合情合理。這幾年跟五六七八個年紀相近的跨領域工作夥伴和酒肉朋友愈混愈多攤，吃的東西愈來愈不講究高級尊貴排場，而是隨興在地家常；對食物的意見感受常常和藝術創作、音樂聆聽和編輯技藝有關。說到底，吃的是食物，想的是人生。

飲食不只是味覺，是人生的延伸

大叔們對於年輕人大排長龍為了等一碗麵一杯飲料一支霜淇淋要幾十分鐘幾小時這樣的事完全無法認同，你們要排自己去排吧。我常常跟同事們說，如果台灣能夠把追求極致美食這樣的認真發揮在其他地方，而不是把所有的力氣都集中在舌頭上的味覺，我們絕對會成為超級厲害的社會。就是這麼悲傷，我們總是在討論吃，而且最可怕的是，許多人在形容食物好吃時，修辭學貧乏的程度讓人吃驚，令人懷疑他們是否識字。

根據我這些年看旅遊探險頻道知名主持人安東尼．波登的飲食節目心得，從早期的《波登不設限》到最近的《波登闖異地》，每集一小時的節目到一個城市或村落或國家，拜訪五至八位對味的朋友，透過吃喝聊天散步移動來呈現當地飲食生活的樣子。最重要的是他們的內容有一半以上跟食物沒有直接關聯，但是其實都有關。而且，這些人都是有才華有偏見的人物，你以為你在看飲食節目，其實是在看世界各地我們常常忽略的人生片段。

安排通告的邏輯：吃什麼很重要

大約十年前開始，我擔任設計雜誌總編輯時常得全台環島採訪。表面上的行程規劃是為了配合店家營業狀態和設計師空檔時間，其實身為動線總規劃的我，最重要的戰略準則就是：吃到最多在地美味食物。幾乎每個受訪者都被我問過這樣的問題：你最常吃的店在哪？等一下帶我去。許多身邊的朋友對我的印象就是：你怎麼到什麼地方都在吃東西啊？其實這話應該倒過來說，是為了吃這些東西才需要跑來跑去啊！

例如我去台中實心美術，最記得的是大容西街上河道斜對面那家台式炒菜便當館子，我總是希望能提早一個小時到，吃了再展開工作行程；去台南安平的建築事務所相談愉快，最殺的是結束後去旁邊廣場的現烤海產攤；去宜蘭開會總覺得天氣炎熱，一定要去吃仙草爸退火；到高雄洽

公，年輕人說他們一定要買老江紅茶，我幸運地在老江旁邊發現一家不知老八十年祖傳藥膳補湯，成為我的私房愛點，經過高雄一定要去吃；還有只在高雄開連鎖店的濃厚青草茶，它的苦它的甘它的醇厚，喝入口後才有辦法在炎熱的南部趕路……

常在趕路吃喝，覺得過去幾十年幫很多好萊塢電影配樂的雷·庫德（Ry Cooder）的音樂最適合吃完小吃在車上聽，不搶戲，襯底剛好。小時候誰不是因為一九八四年溫德斯（Wim Wenders）《巴黎德州》（Paris Texas）這部拿下坎城金棕櫚獎的公路電影的配樂認識了雷·庫德？幾十年過去了，那吉他聲還是如此動人地哀傷。

後來一九九七年雷·庫德擔任電影音樂製作的《樂士浮生錄》（Buena Vista Social Club），讓我們知道當時封閉的古巴有這樣一群才華洋溢的樂手。雷·庫德早年幫非常多電影配樂，雖然電影沒那麼紅，但是音樂都挺好。電影配樂真是開車的好朋友。

以下是大叔老黃這些年到台灣各地吃東西的隨筆，這些店都是我吃過好幾次、而且未來的人生還要去很多次的店，大家隨便參考。

台南

去台南工作或訪友，這些小吃實在難忘……

福榮小吃店／阿瑞意麵

常常在不同時間抵達西市場附近的正興街找朋友，十次有九次先衝進市場裡面的福榮小吃店吃阿瑞意麵，習慣點乾意麵再加桌上的深色辣椒調味醬。滷鴨蛋很推薦，餛飩湯是招牌，湯內的超細碎韭菜末，是最華麗的湯汁擺盤。

葉家小卷米粉

如果到台南只能選一樣，這幾年我的首選是國華街的葉家小卷湯。它的湯頭清甜全台第一，覺得每口都喝到食材深處的甜美，不必沾醬就很好吃，沾一點點醬油提味也行。兩人同行建議一人點湯，一人點米粉。盡量在非用餐時間去。

石舂臼海產粥

位在金華路上靠近民族路的海產粥專賣店，一百二十元一碗，只賣粥和炸蝦捲，這家店對環境的要求接近有潔癖的牙科診所，海產粥材料肥美，薑末沾醬很搭，米飯分量不多口感偏硬，再熱我都可以吃光，把湯喝完。建議搭配蝦捲，滿足。

阿龍香腸熟肉

在永遠很多人排隊的保安路阿明豬心旁邊，有間總是很多人去吃但不必排隊的阿龍香腸熟肉，非常適合想吃清爽晚餐的大叔。對外地人來說點菜有點困難，很多部位的肉看不懂要問，勇敢多點幾樣，沾點芥末配飯，吃純粹的滋味。

台東

下午嘴饞，台東朋友說：「吃臭豆腐吧……」

久昂臭豆腐

位於台東市正氣北路的久昂臭豆腐，下午三點開始炸。那次我中午看完好友展覽，隨口說想吃點小吃，移居當地多年朋友報我這家。這家店專業嚇人，菜單上分脆皮不切、酥對切、一般四塊、可葷可素，大姐老闆豪氣親切，愛上了。

高雄

為了吃高雄好料，覺得南北開車很近……

廣東汕頭勝味火鍋店／牛羊豬肉爐

這是黃總編創意團隊在高雄最愛去的慶功吃喝餐廳，當團隊人數在高雄人數超過六位，幾乎一定約這兒。必點它的乾煎蚵仔煎當前菜，口感類似韓式海鮮煎餅；火鍋本身天下無敵，最愛吃南部的火鍋牛肉盤了，美味元氣，人生有救了。

汕頭意麵

去高雄過夜我常投宿的單人床旅店巷子對面，有家傍晚開到半夜的汕頭意麵，它的乾麵和魚皮湯（到南部當然點這種）道地家常，小菜區的擺設看了很難不點。我通常是洽公酒後回旅館前，切幾樣在床邊搭配高粱看運動轉播入睡。

薏仁湯

南部常在街頭看到大大的招牌寫著「薏仁湯」或「綠豆湯」的小店，通常也會提供其他冰品和甜湯，不過人家都跟你說最強的產品就寫在招牌上了，還不嘗嘗嗎？南部人好會煮湯，一定要喝。

台南 石春臼海鮮粥

嘉義 黑白切

台中 金寶茶餐廳

嘉義 東門雞肉飯

台中 第二市場魯肉飯

高雄 薏仁湯

嘉義

常路過嘉義，近來發現好料很多……

東門雞肉飯

去嘉義吃雞肉飯有兩個重點：首先避開噴水池名店，要去市場旁；再來一定要多點小菜。某位在嘉義長大的同事帶我們去吃這家東門雞肉飯，它的韭菜擺盤應該得國家文藝獎，雞肉飯上頭的肉絲肥瘦相間，金針湯對味，半熟蛋很讚。

黑白切

傳統市場最外圍通常會有幾攤下午四點開始賣熟食的店，會去買這些的都是上了年紀的伯父伯母。過去像我這樣的文青不懂這些，現在覺得這類食物是台灣的無價之寶，採買幾百元，帶回旅館配紅白酒，看電影台兩三部電影，人生啊！

台中市

整個台中的排場太大不習慣，幸好有小吃……

富狀元豬腳極品餐廳

開車南北趕場，進台中市區的時間常常不是正常的用餐時間，幸好綠園道附近美村路上的富壯元豬腳餐廳營業時間很彈性。台灣的豬肉料理真的很強，這些年北中南吃過的豬腳飯都是八十幾分的高水平，這是我們最幸福的強項。

香港金寶茶餐廳

第一次到大業路這家茶餐廳也是因為好友在台中任教的弟弟推薦，大叔們個個說讚，脆皮雞和奶皇包是極品。跟在地的文青熟女好友分享被打槍，她們說環境髒亂服務態度差，我說吃港式飲茶重要的是食物不是服務，從前去香港就是這樣。

第二市場魯肉飯

常常去台中採訪是當天來回，人數在三位以下就不去茶餐廳，最常去三民路二段第二市場內隨意挑家魯肉飯，每家的營業時間和公休日不一樣，看手氣。文青時期只吃瘦肉，大叔覺得好的肥肉更顯料理手藝和豬肉境界。別擔心體脂肪啦。

台北和酒友們吃喝

在台北賺吃的空檔時刻，偶爾跟酒友們小吃小喝……

北投鵝肉擔

這家位在北投振興醫院附近明德路上的鵝肉小吃店，是某次和酒友們週日白天郊山健行之後，朋友帶去吃到的極品。下午四點多五點不到，十多樣台式小菜搭配台灣啤酒，完全不輸南歐旅行時吃 tapas 喝葡萄酒的快樂。酒友很重要。

重慶北路鯊魚煙

現在的重慶北路跟幾十年前長得很不一樣，昔日騎樓下很多點著燈泡的小吃攤可以點鯊魚煙，現在攤數變少，非常想念台味小菜時就跟大叔朋友約去。有些酒還是喝不習慣，這裡會賣保利達B加啤酒，每次喝一杯就覺得還是台啤好。

銀翼餐廳

成為大叔後，會去那種小時候打死不想去、但長輩很喜歡帶大家去的餐廳，位於金山南路上的老牌銀翼餐廳就是。它一樓的對聯寫得真好：老酒老師傅感謝老朋友，新菜新裝潢迎接新朋友。最近去，菜色不太穩定，服務員常換，擔心。

南村小吃店

這家俗稱「小凱悅」的南村小吃店，二十多年前原本在信義計畫區眷村擺攤，當時就跟廣告公司前輩們去吃過。每年秋天吃螃蟹的季節到了就會有朋友約，一群人去吃一定會點一大盤滷味、黃瓜和泡菜。我固定點小碗乾麵打底，多半喝啤酒。

復興南路豬雜小菜

復興南路二段靠近辛亥路巷子的轉角，有家切仔麵可以點許多豬雜小菜，適合三到五人一起，我們通常會點豬肺豬皮豬心……點個五六七八款（晚上七點後很多會賣完），一定要加桌上的鮮紅辣椒（不要低估它的辣度），價格很平民學生。

青島水餃

這幾年富錦街上的生活風格新店鋪愈開愈多，但大叔最常去的是這家靠近新中街口的青島水餃店，主菜隨便點都好吃，重點是它的韓式小菜種類多，山東燒雞至少點半隻。我們每次只要去富錦街開會採訪，到最後都是在這裡收工。

台北個人用餐

大叔常常一個人用餐，好吃就不感到寂寞了……

保安街慈聖宮魯肉飯

大稻埕附近的延平北路二段，慈聖宮廟前那排小吃，深深覺得是台北小吃界的王牌先發。很多攤位都只賣中午，非常喜歡去附近開會採訪路過，一碗魯肉飯一碗蘿蔔排骨湯一份筍絲搭配店家特調醬油辣椒，這樣的食物不欺騙感情。

御牛殿麵鍋食堂

東門市場附近這幾年新開了一家販賣台灣溫體牛肉的店，也提供現場可吃的牛肉麵和牛排。我挺愛吃他們的肉片刺身牛肉麵，就是在你面前把滾燙的湯汁倒進碗內把牛肉燙熟，之前在台北很難吃到這類南部牛肉湯手法的食物。

天津街鹿港小吃店

位在天津街和市民大道轉角這家鹿港小吃店，有著台北市中心少見分量足口味下港的魯肉飯，若在中午時段前往，常會遇到做粗重工作的兄弟們，這裡的飯菜才吃得飽啊！光吃主食就很滿足，虱目魚湯很過癮，值得一試。

麗馥小吃

位在六張犁捷運站旁安居街的麗馥小吃，乾麵嚼勁夠，小碗分量剛好，搭配它的牛肉蛋花湯，相當地油，夠油才好吃。一定要點滷味，通常我來吃正餐會先點個四至五樣，飯後再外帶幾樣回家配酒。它的滷味很有名，刀功非常好。

龍記搶鍋麵館

總統府後面的桃源街巷子裡有好多家賣了幾十年的老字號麵店，這幾年我最常去吃龍記搶鍋麵，它用高山蔬菜熬湯底，麵條很有勁道。我偏好肉絲，會加好幾湯匙的大蒜末混著吃，即使是大熱天吃得滿身大汗也覺得好過癮好過癮。

台北 龍記搶鍋麵

台北 北投鵝肉擔

台北 行天宮附近自助餐

台北 麗馥小吃店

松江路巷子雞肉飯

常常非常想念在嘉義市場吃到的雞肉飯，可是平常就是在台北生活啊！這家位在松江路巷內靠近吉林路的雞肉飯，一碗飯的分量不大，食量大的一定得點兩碗，配菜種類多但是價格有點貴。就跟你說在台北賺得多花得也多。

行天宮附近自助餐

這些年偶爾去行天宮附近辦事，意外找到這家轉角自助餐攤子，主要是賣早餐輕粥小菜和中餐便當，現場擺了幾張小桌子也可吃了再走。固定會點它的白切肉加蒜蓉醬油，綠色蔬菜和一般青菜各一，生薑爽口，一頓不超過一百元。

大師兄牛排麵

我最喜歡金山南路上靠近潮州街口一家大師兄麵店，但是推薦給大家好幾年還是沒紅，實在是因為店面很不起眼，老闆一直忙著切滷味，老闆娘在廚房忙著煮麵。它的安格斯牛排乾拌麵，口感有夠好，比很多大餐廳的牛排好吃。

新生南路汕頭小吃店

這家汕頭小吃店位在台大新生南路三段側，老闆和老闆娘常常在廚房大聲吵架那家，它的牛肉乾麵加上桌上放的辣椒白醋，酸辣極品，加點個滿滿的綠色青菜湯，過癮。乾麵是最基本的工夫，建議從這個開始。進階可點乾炒牛河。

以馬內利鮮魚湯

杭州南路一段巷內的鮮魚湯是我和幾個創作夥伴最重要的鄉愁，我們曾經和他們當鄰居好多年，這幾年各自遠行，偶爾回去吃，一吃眼淚就要掉下來。它的大混（麵和米粉）加蒜加醋，現煮魚湯，是我這輩子最想念喜歡的滋味。

偏見3
大叔喜歡在戶外扯屁

大叔喜歡在戶外吃喝的意思，很多人搞不清楚，或者說多數人是用個人的生活經驗去推論（誰不是呢？通常只要判斷修辭就能感受你在我這邊還是對面）。尤其是大嬸之類的熟女知青最煩，她們自成一國，覺得大叔愛喝酒不上進。在我看來，與其說大叔不想理大嬸，其實是大嬸在她們的世界外頭蓋了一道高牆，把大叔認為有趣的事隔在外面。算了，她們覺得我們認為有趣的事很無聊，那就讓她們這樣認為吧！

攝影師新書發表，書店外露天酒趴

所謂的戶外，不必是高山或海邊；對大叔來說，只要不要困在室內空間就是了。試舉一例，老戰友陳敏佳攝影師幾年前出版個人攝影文字作品《屋頂上》，在誠品台大店辦了一場新書分享會，這場是書籍上市後的第一場，概念上就是首映趴踢的意思。因此，所有酒肉朋友那個晚上在乎的都不是在誠品台大店三樓那個動線單調、觀眾容量有限的現場，敏佳老師到底說了什麼，而是趴踢之後要去哪裡吃喝。

通常這類重要的人生大事，都是由有豐富經驗的執行總編輯我本人規劃採買調度。不過那天敏佳自己想出一招徹底把我打敗，他把他的休旅車後面整個打平，後座放了兩個大桶子，桶內裝滿冰塊，把幾十罐啤酒和軟性飲料丟進去。最有創意的還不是這個，他交代擅長勘景的資深左右手（這時候最大的敵人是校門口的警察），把車子開到新生南路三段和羅斯福路四段交叉口的台大正門廣場旁邊紅磚道的慢車道臨時停車。

當晚上十點發表會結束，我們從誠品台大店三樓走到一樓，隔著馬路就看到敏佳的休旅車停在對面，趴踢正式開始，只要伸手到後車廂拿罐飲料，旁邊找個位置或站或坐，就是超有氣氛的露天酒趴。幾年過去了，記得最清楚的就是一群人隨興坐在台大校門廣場聊天喝酒的畫面。

在都蘭受到啟發，在金山從零開始

然後我們就開始迷上了這樣的事。過去幾年我們這群酒友跟著蘑菇創辦人嘉行大哥去都蘭吃喝，晚餐後的續攤通常就是在小屋子外面的「院子」聊天和喝酒。所謂的院子其實就是一小塊上方有遮蔽的空間，放了張漂流木長椅，白天可以睡午覺，或者邊抽菸邊聊天；雖然夏天的戶外真的很熱，不過風吹過來真是舒服啊。某次去都蘭天氣有夠好，晚餐後爬到屋頂看星星，並且繼續喝高粱或威士忌之類的烈酒，扯屁之餘互相提醒一定要清醒地爬下屋頂才是好咖。

幾次去都蘭經驗太過美好，但是久久才能進行一次，怎麼辦？在我們這

都蘭餐桌所在的小屋內部空間配置就是為了吃喝，做菜的人跟吃喝的人隔著料理平台共處一室，環境對了，置身其中的杯盤鍋碗都跟著有高級感。

夏天的東海岸真的很熱，大白天完全沒辦法在戶外待太久，除非是待在有風吹的戶外，樹下的長椅最適合午睡了，吹自然風真的很舒服。

東海岸的星星，就是這樣戲劇性的演出。大叔在室內吃飽，爬上屋頂繼續吃喝，嚴格規定不可在屋頂喝醉，要自己清醒地走下來進屋躺平。

冬季到屋外聊天其實很冷，烤火必要，好友和酒精也必要。我總是說得多，幹天幹地幹社會幹客戶幹不知長進的資深編輯，繼續追酒喝。

群大叔過日子的台北附近，有可能複製這樣的戶外吃喝經驗嗎？因緣際會，幾年前攝影師敏佳在北海岸金山附近，開始興建一個占地不大的簡易工寮，我們從幾年前的冬季開始勘景考察，當基地還是一片積水泥土狀態，幾位大叔們分工合作把一張很大很大的藍白帆布撐開當作臨時屋頂，利用周邊的樹木當作支撐。然後搭建臨時餐桌和廚房，進行都蘭酒友會之北台灣聚會。

類似的聚會我們進行了好幾次，環境雖然簡陋，但是吃的喝的還是相當豪華：煎過牛排（酒友會長為了週日下午操作，之前幾天在家猛練，一輩子燒飯給他吃的媽媽看不下去，飆他說為了跟朋友吃牛排，認真的態度比準備考大學還拚），也採買過附近龜吼漁港的漁獲直接料理，漁港某個小店的炒花生超級下酒。啤酒至少一手，這是基本，一開始先喝氣泡白酒（不必買法國香檳，總編我個人偏好義大利款），接著喝紅酒，兩三瓶常常不夠喝；再來是威士忌，海鮮多就配日本三得利酒廠的白州，不必追求年分，白州清爽口感和簡單料理過的海鮮是三星等級的搭配。

此外，酒友們常會分享一些台灣新土產好酒，例如嘉義舜堂酒業的水果蒸餾酒（口味多到你無法想像，芒果文旦柳橙檸檬……），超順易入口，提醒一下千萬記得酒精度是45度喔；或者台中霧峰農會的初霧燒酌，酒精度是38度。一群好友週末下午在某個戶外工寮做這些有益身心的事（知青大嬸怎麼可能同意大叔這樣的論點呢），大叔覺得這真是人生最幸福的事了。這些食物、這些飲料、這些朋友、這些感情、這些滋味、這些場景……常在我心。

感謝攝影師蓋出工寮，提供大叔戶外吃喝

半年前這塊地方蓋出了一個小木屋模樣的工寮，雖然沒有正式完工，但是我們又迫不及待地去了兩次：第一次還是在戶外烤魚，第二次在小木屋室內架烤爐直接燙豬腳和煎魚。戶外烤魚這次非常隨興，原本只是要純哈啦，但是工寮攝影師正好有新鮮的魚，直接生火來烤。更剛好的是，有人帶了艾雷島阿貝（Ardbeg）這支十年單一麥芽威士忌（總編我出門就是會帶酒），那個下午我喝到這輩子最好喝的阿貝。後來有一次去工寮，主廚朋友有參加，在木屋內料理，吃喝了一整個下午，非常過癮。我想，大叔的 Outdoor Eating & Drinking，戶外吃喝閒扯一定會繼續續攤的。

後來攝影師工寮變得很有名，一大堆媒體朋友去採訪，問了很多建築技術啦、城市人接近自然啦、自己動手做……之類很專業的問題，說真的，

工寮就是山路彎進去的小平地，酒友們動腦筋搭出臨時屋頂，用好幾根長木條把藍白防水布撐開，擺上臨時的桌椅，接著就開始吃喝。

辛苦撐開遮雨布當作擋雨的屋頂，只為了暢快在戶外吃喝。酒友們各司其職，有人煎魚有人整理，黃總編我最重要的工作就是開酒開酒開酒。

酒友們各自準備食物酒精，會畫畫的人挑的辣椒小魚特別好吃，顏色形狀都特別生猛詩意。來路並不特別，就在他家旁邊的傳統市場。

從工寮往遠處看可以看到對面的山，在這樣的戶外環境打屁特別有靈感，每個人的酒量都變得特別好，吃到的食物也特別地好吃。

這樣的報導我一篇都沒辦法從頭到尾完整看完。對我來說，工寮就是我和酒友們吃喝的天堂樂園，他們太執著在物質形式的創造和世俗靈魂的逃脫，所以看不到我們這群酒友們珍惜這樣場所的吃喝活動和即興創作。

這就是我被酒友們催促一定得把這樣的事寫出來的創作動機，大叔的心事好多人不懂，那加減說一點就好，就說這麼一點點。特別懷念工寮還是平地一無所有的那個階段，那時候我們真的是亂來亂搞，這樣的青春特別值得懷念。

在北海岸某個山路轉彎，就會抵達工寮，麻煩的是常常找不到路。抵達後就是生火烤食物，今天主角是艾雷島的阿貝，酒杯和盤子有搭。

從下午開始準備生火烤火到夜晚，吃喝仍繼續，一位酒友新買的登山帳在木屋旁邊搭了起來。歡迎品牌找我們拍型錄或廣告，我們很熟練。

在工寮進行食物燒烤，生火和烤魚方式都非常原始，直接上就是了。那天因為廚師朋友沒來，有點擔心會搞砸，後來烤好的魚很好吃。

在戶外營地生火，好友作伴，用手直接抓烤魚，搭配單一麥芽威士忌，吹過來的是山谷裡飄來飄去的自然風。幸好有工寮，不必跑都蘭。

附錄

關於飲酒警語的大叔建議

大叔老黃這批文章在結集出書前曾在平面雜誌連載，有兩件事讓人抓狂：第一個是不能罵髒話，因為有礙善良風俗，這對於私下真情流露用髒話串連長句對話的我來說，是創意無法表達的折磨；第二個是只要提到跟飲酒有關的文字，版面上就要出現一定比例的警語，對從靈魂深處熱愛喝酒的大叔來說，這是接近戒嚴時代的白色恐怖。但是中年大叔不是叛逆文青，早已過了武裝革命的年紀，只能寫幾句唱反調的反警語，跟酒友們分享……這裡先寫十句。

AMESON
余市

飲酒過量，真的快樂。
開會喝酒，靈感特多。
喝酒配菜，很有學問。

只跟好友喝酒，不為生意陪酒。
喝酒不可發瘋，這是基本道理。
喝酒需要膽識，但是不能過頭。
酒醉才知最愛，酒醒需要被愛。
家裡永遠少一瓶今晚想喝的酒。
旅行最重要的就是喝當地的酒。
飲酒誰要開車，只想直接睡覺。

偏見4

大叔不喜歡去咖啡館遇到熟人

找咖啡館這件事，大叔在意哪些呢？長期從事雜誌編輯工作的我，咖啡館可說是我工作場所的延伸。我深深覺得公司的會議室是謀殺創意和想像力的墳場，所以我非常喜歡把工作夥伴約到咖啡館開會討論。

此外我也喜歡一個人去咖啡館辦公，雜誌編輯工作是一堆瑣事的總成，我常常被一大堆待辦事項追殺，若是待在辦公室只會更慘，若回家只想擺爛，這個時候我會選擇找一間咖啡館待著，一個人好好把手邊的事情整理清楚再說。

工作之外，我常常跟不同的朋友去不同的咖啡館聚會，我喜歡去氣氛隨和、但老闆講究口味和空間的咖啡館跟朋友聊天。適合聊天的咖啡館其實不少，每個人都有自己的私房名單，通常我不願意告訴別人我都去哪，那是我跟好友之間的共同默契。

我喜歡去咖啡館聽老闆放的音樂，雖然百分之九十九的年輕人去咖啡館都是用筆電戴耳機聽自己的音樂，但是你們知道嗎？許多開咖啡館的老闆對音樂超有想法，我常常因為去一家咖啡店意外認識新的樂團；或是在一家不熟的咖啡館竟然聽到十幾年前自己超愛、但好久都沒聽的專輯。

早上若有空檔，我挺愛去咖啡館吃早餐，有些老派的咖啡館會請中年阿姨每天早上現場煎太陽半熟蛋、製作三明治、搭配一杯熱咖啡。我這幾年超級喜歡去吃這種早餐，因為根本不會有追逐流行的年輕人和藝文媒體同行出現。至於它的食物水平，我覺得有八十分，夠了。最常去的是台北市西門町成都路上的那兩家，大叔好友們知道我說的是哪裡。

當然，去咖啡館可以學設計，在台灣想開咖啡館的人都有基本的室內設計和裝潢本事（幾乎個個都看了一大堆歐美日厲害的店家空間構成報導），不管你覺得它們的空間是不是受到誰嚴重啟發，至少我常看到很新鮮的想法。最後提供一個喜歡去咖啡館非常個人的理由，我覺得不同的的店就是店老闆的創作，透過這些創作我跟老闆們建立起特殊的友誼。常跟我去咖啡館的夥伴們，應該同意我這些道理吧。

台南篇之一

跟台南朋友在路邊閒扯喝咖啡

阿烏咖啡

在台南混（過日子），哪能天天去設計店鋪啊。身為一個固定去台南訪友的天龍國成員的我，在某次跟台南當地朋友聊天時說到這件事，我的台南朋友們覺得這不是廢話嗎？你們這些觀光客會去吃喝的地方本來就不是我們會去的嘛。

那幾年到台南，多半住在開山路巷內建築師朋友的客房，早上起床直接走到開山路上的阿鳥咖啡，就是最日常的選擇了，純樸的咖啡館空間和烤三明治，坐在路邊吃早餐或下午聊天都讚。對大叔來說，空間適切就好，食物飲料高標最好低標也行，最在乎的是談話品質。那個週末早上跟兩個建築師好友激烈交換接案技巧和客戶水平種種，真是近幾年最充實和啟發人心的對話了。大叔對咖啡館的評分標準，其實很寬鬆，和好友聊天愉快最重要。

台南篇之二

大叔偶爾想去摩登空間喝咖啡

虫二咖啡

常去台南工作的我，大多的採訪對象都是老房子改造這路的文青咖啡，不過有一次早餐意外被建築系老師帶去這家位在集合住宅地下室的咖啡館，讓人覺得真是太有意思了。虫二咖啡位在台南的知名豪宅建築 All in One 的地下室，基本上這家店不會是你剛好走路經過順便進去的類型，如果不是特地前往，一般人極難發現。

大叔其實就是有點年紀的歐吉桑，事業未必有成，但不再以革命青年自居。像虫二咖啡這樣具有設計品質和建築想法的摩登空間，真是太適合跟見過世面的熟女好友約會了。當然，大叔不是為了把妹才去咖啡館；

就算是，絕對不要明目張膽地說出來。

台北篇之一
不容易遇到文青同行的咖啡館

滴咖啡

大叔我最常去的咖啡館在台北南區，每次跟人約場地就會出現類似的難題：該去人氣最旺的店家，還是讓自己真正感到輕鬆自在的場所呢？

通常我就直接把朋友帶去台一冰店旁邊這家老屋修建的咖啡館，因為他們家的咖啡售價比較高，歐式的餐桌和落地玻璃旁高腳椅的安排就不是為了讓人來此打電腦當網咖；也因此它平常的下午人相對少，最重要的是文青不會在這樣的店混，這真是太符合我的需求了。

由於我並非認真的咖啡品嘗者，對於他們咖啡的品質有多好體驗有限，不過我非常建議到這裡的人一定要點它的單品咖啡，老闆對咖啡豆挺講究。強烈建議不要在週末來擠，因為週六日台大校園附近的人潮真的是太洶湧了。它的咖啡水準以上，適合談事情，平常人不雜亂，是間適合大叔談事情的咖啡館。

台北篇之二

這家咖啡館的早餐是家常滋味

南美咖啡

成為大叔這幾年我還是挺愛去西門町的：去中華路和武昌街附近二樓的佳佳唱片逛，樓梯間張貼的各種海報和店內螢幕播放的最新演唱會畫面，提醒我真的跟流行娛樂脫鉤了。鴨肉扁賣的鵝肉不太常吃了，一個人去叫一整盤吃不完，可是真的太愛他們家鵝肉米粉的湯頭，單點一碗挺好的。這陣子最常吃的是漢口街巷內的萬國酸菜麵，建議大家早上十點經過若看到燈亮，進去吃碗酸菜湯麵加荷包蛋，滋味好而且充滿飽足感。午餐人很多，晚餐沒賣。

但最吸引我專程去西門町的理由，是一個人去成都路南美咖啡吃早餐，就是台式的美式早餐：煎得半熟的荷包蛋，幾片火腿，傳統烤法的吐司，一杯熱咖啡。身邊來吃的人有些是港澳觀光客，有些是每天固定來報到幾十年的老顧客，就是沒有一般的上班族和跟我同行的文青。對了，這裡的室內空間幾年前整個翻修過，其實沒有更好，但至少是新的。

懷念版之一

當年它的黑咖啡幫我嘗出好麵包的滋味

Dean & Deluca（已歇業）

昔日微風廣場地下室的「汀恩德露卡」曾經是我最愛跟人約談事情的地方。誰會早上十點出現在微風地下室呢？我習慣買旁邊梅森凱瑟的麵包，單點他們家的熱咖啡，這樣的搭配相當能夠讓人理解梅森凱瑟這家日本人非常推崇的法國麵包師傅對於麵粉的講究。

梅森凱瑟的麵包很像搖滾團體而非流行偶像歌手的音樂配置，準確有力，讓人無法忽視。它的麵包存在感很強勁，部分的口味餡並沒有那麼精采（這句話的意思是有好些款真是太讚啦，有幾款則普普），而幫助我能夠有這樣的體會，我以為就是汀恩德露卡的那杯黑咖啡。

懷念版之二

那家牆上掛滿搖滾海報的咖啡館

挪威森林（已歇業）

十幾二十年前位於台北南區公館的挪威森林，這間咖啡館應該就是我心目中最正確的一種咖啡館形態了（早期非常歡迎大家邊喝咖啡邊抽菸，我曾經參與過那美好的喫菸年代，哎呀青春就這麼過去了）。我們可以這麼說，這類咖啡館是被功能強大的筆電和智慧型手機殺死的（以及嚴格的菸害防治條例）。因為大家去咖啡館都在做自己的事、聽自己的音樂，讓這類認真播放音樂的店不再被需要。

多年之後我還是相當懷念它當年動不動就隨便放個地下絲絨或湯姆等待之類的酷音樂啊。它的咖啡絕對及格，根據我小時候的好友、現在兩岸三地首席文青作家馬世芳回憶，一九九〇年代初期挪威森林開張，是他第一次喝到奶泡綿密的卡布奇諾。拜拜，我們的青春咖啡館。

偏見5

大叔認為參加日本建築團很划算

過去十年身邊許多朋友們都參加了「建築旅行團」，大多是日本團，尤其是跟安藤忠雄有關的團已發展出許多主題路線。若是去歐洲，近幾年許多建築人藝術人策展人會把「威尼斯雙年展+瑞士+法國南部」串連成一個行程；甚至有些本格派建築人會去印度參訪許多人心中二十世紀上半最重要的柯比意（Le Corbusier）大師的作品。上述這些認真行程，對於雖熱愛知識但更喜歡吃喝的大叔我來說，有吸引力但缺乏致命殺傷力，因此我一直沒有行動參與，直到二〇一五年春天。

催促我決定參加建築團的最重要推力，是我再也受不了在各類座談評審場合、或者私下跟建築圈藝文圈前輩們聚會時出現這樣的對話，他們輕鬆自在地說：「你知道的嘛，安藤這個房子其實在它的裡面有個安排，所以它會是這樣；妹島和西澤很喜歡這麼做，你去金澤去紐約去洛桑一定很容易就發現它的線條就是如此安排……」然後他們終於發現我的沉默與羞澀——怎麼可能？原本用純真誠懇語調說話的前輩好友們（他們真的沒那麼機車，完全沒有要炫耀他們去過現場好幾次的意思，但是我真的被這種很善意，但令人無比受傷的對話打臉太多次了），臉上出現奇特的驚恐表情，他們強忍住那句殘忍直接的話沒說出口：「原來你只在網路或雜誌上看過照片……喔？」

真的，我再也受不了了。經過我和幾位核心幕僚的討論，我們認為這個狀況如果不立即改善，對於我在設計文化創意跨領域能否持續有活躍的通告與接案，將有致命的傷害。因此我決定改變過去十多年以歐美為主的小組式自助旅行方式，參加專業老師帶領的建築團補修學分。

找到跟你氣味相投的帶團老師和團員

由於本人平常在媒體圈的人際關係尚稱良好，我立刻找到一位長期在台灣主流財經雜誌的生活區塊認真工作、名號響亮的資深主筆等級前輩詢問意見。她不但因為工作需要所以熟門熟路，而且本身是個熱情好學的好學生（背景補充：大叔到了中年往往追逐酒肉閒扯，年紀相仿的熟女對於知識和思想追求則有超乎大叔的熱情和行動力）。經過幾次電郵往返，她給我的建議如下：你雖然不是建築專業工作者，沒念過設計科系，但是你若選擇一般旅行社的建築主題團，你無法跟團員打成一片，就算旅行社規劃得再好，你以為你只要看房子，不必理其他人，這不可能。你去找這幾個有帶團的老師，認老師而不是認旅行社。

這位才女大姐回答得真是太好了，於是我在二〇一五年農曆年前預定了四月春假之後的八天七夜日本關西建築旅行團，帶團的老師是我這幾年採訪建築主題時訪問過的前輩。我的情報來源前輩才女說，老師會用講電影的方式描述建築，這個應該適合你。

此外，春假後的八天七夜這個時間很妙，擺明就是不吸引一般上班族（後來知道更重要的原因是四月第一週強碰櫻花盛開，日本當地飯店和遊覽車超級難訂）。這種團的行程很操，一天要看三至五六七八個建築作品，扣除前後兩天加上一天的自由活動，整整五天專門看建築，一趟下來至少看了二十個，這完全是以前去光華商場採買大補帖的概念。看建築最麻煩的是交通，作品和作品之間甚至是好幾個小時的移動，會參加建築團的人真的就是為建築而旅行，完全不介意為了趕路在高速公路的休息區隨便吃東西（在我來看日本服務區的拉麵和飯食絕對都是水準以上），旁邊常常就是穿制服的貨運司機。

愛喝酒愛幹譙的建築人通常比較有料

雖說建築人很關心建築，但他們不會只在意建築，通常他們對食物、溫泉、某些文化議題也會非常有意見。晚上飯後我們常在海外的旅館激烈討論台灣哪個房子蓋得真爛、那次誰在那個會議的發言完全證明他是個草包……其中有位帥氣的建築大叔，他每次用餐前必須以酒精飲料開場（中餐也是，無誤）。我第一次和他攀談，是因為第一晚到旅館準備Check in時已是晚上十點前幾分鐘，由於跟飯店提供房客拉麵最後截止時間非常接近，導遊建議我們先吃拉麵再把行李拿到房間。

這位大叔很怪，他希望能夠給他幾分鐘到隔壁超商買個飲料，因為他沒先喝酒的話，沒有辦法直接吃麵。當下我立刻知道會跟這傢伙當好朋友（我馬上跟著他去超商，除了買啤酒還帶了小瓶的日本威士忌若干）。

後來的七晚我們喝了六晚，中間有一晚大家有共識建議排休。我想一個講究啤酒泡沫、對飲食在意的人，做出好建築的機率絕對比較高吧！

至於這趟旅行我到底看了什麼作品呢？本團是瞄準日本中部的行程，週日傍晚從台北飛往名古屋住當地。第二天一早，團員二十三人加一個導遊和導覽老師共二十五人，搭乘一輛中型遊覽車展開趕場行程：第一站先去愛知縣豐田看妹島和世的「逢妻交流館」。逢妻是地名，交流館就是地區民眾活動中心，是棟透明玻璃三層樓建築，是妹島和世二〇一〇年的作品。接著再去愛知縣春日的「齒科博物館」，隈研吾設計，這是個牙齒模具製造公司的私人收藏館，建築尺度不大，位在住宅區，自己去很難找到。再接著去看位在岐阜的「瞑想之森」，伊東豊雄作品，是伊東大師二〇〇〇年成名作仙台媒體中心之後的代表作。瞑想之森是個火化大體的公有火葬場，一群外國人專程跑到日本鄉下看火葬場，你覺得這是什麼樣的行程啊？

逢妻交流館就是當地百姓出入的社區房子，招牌普通，停車場普通，可是房子內部的動線和光線安排好厲害，當地人真幸福。

造訪岐阜縣白川鄉合掌屋村，氣溫逼近零度，我拿出昨晚買的小瓶日本白州威士忌，左邊拿著透明塑膠杯的是敏佳攝影師，等不及要來一杯取暖。

跟建築師出遊才知道拍照分三個層次：一般用 iPhone；稍微認真用文青手感的數位相機；如果是簡報用，就用單眼。本場景是第三種。

參加建築團很操，白天趕五六個景點，晚餐吃飯先喝啤酒，回房間要喝日本當地的好酒（麥燒酌讚啦），邊喝邊罵台灣五四三，爽啦。

這一天還沒結束，下午要拉車到白川鄉合掌屋村，這是世界文化遺產，在那兒我們遇到一大堆歐美自助旅行者，他們專程來這裡看日本獨特的木造房子。白川這裡冬天整個被冰雪覆蓋，我們四月來，溫度還是逼近零度，沒帶保暖外套的團員們被凍壞了。我和酒友們還好，因為昨晚為了吃拉麵在超商買的日本威士忌還有存貨並隨身攜帶，健行到遊客較少的山頭，小酌取暖。去了這四個建築景點之後，傍晚立刻拉車到金澤，準備明天一早去看妹島和世最重要的「金澤21世紀美術館」。

比安藤伊東妹島更迷人的現代主義建築師

第三天一早的第一個行程是參觀「兼六園」（建造於一六七六年，日本現存三大古典名園之一），初春略有寒意的早晨走在日式傳統庭園，暢快，我這種對古典花草布陣完全冷感的傢伙竟然逛得津津有味。

接下來是今天的重點，我們去參觀出身金澤的知名日本哲學家鈴木大拙的紀念館。三十年前我在書店陳列新潮文庫那排看過這位哲學家的書封，完全沒興趣把書翻開。負責設計的建築師是本次建築旅行的第一男主角谷口吉生（不要懷疑，男主角不是第二天看過的隈研吾、妹島和世和伊東豊雄，也不是未來幾天會看的安藤忠雄和貝聿銘），對蠢蛋如我的建築外行，之前在日本知名建築雜誌《Casa Brutus》介紹MOMA紐約新館建築師時，知道有個日本人叫做谷口吉生。感謝建築團的安排，我自己去金澤旅行才不知道要看這個啦，聽過導覽後，我深深感受到這個紀念館從空間形式和材質線條上都在傳遞大師的思想，水池中心刻意造成的水波紋路，水池四周不同高度的立面牆，俐落簡潔的欄杆……收穫好多。

我們在「鈴木大拙紀念館」只能夠待一個多小時，接著要趕去「金澤21

世紀美術館」。我們入場的時間差不多是十一點，各自行動，我們這群酒友決定趁餐廳人少先吃再逛，當然有點啤酒配餐，它的餐廳就正對著最外頭的透明玻璃落地牆，視野穿透內外，強烈建議在此用餐，一定要避開尖峰時段。金澤21世紀美術館的建築空間本身就是個傑作，看照片覺得好好看，但是到了現場才能感受光線的魔力，搭配整棟純白用色，有人形容妹島的建築是仙女下凡提供人們超現實的純潔體驗，同意的。一定要保留時間在商店採買，這裡會有很專業的建築出版品，例如我買到SANAA（妹島和世＋西澤立衛）二〇〇九年在倫敦肯辛頓公園蛇形藝廊的展覽Serpentine Gallery Pavilion 2009 SANAA 出版品，別錯過他們特別挑選的衣服和美術館紀念品，很好買。

以上看了三個厲害的作品還不夠，第三天下半移動過程刻意繞到一個小鎮的火車站看它的腳踏車停車場。我真的覺得這些建築人瘋了，反正坐遊覽車經過，加減看。第三天的最重點其實是最後這個，傍晚天還亮的時候，我們移動到「片山津溫泉街湯」，這是谷口吉生建築師做的公共湯屋，緊鄰柴山潟湖畔。我們先參觀空間，然後去旁邊的一個老旅館Check in，我和酒友們放下行李立刻衝去谷口大師設計的公共湯屋泡湯，去泡的幾乎都是當地人，推估都是下班回家吃晚飯前先來泡個湯，這個大浴池的視野極佳，谷口建築師在浴池高度和旁邊靠背的設計刻意讓人泡湯和休息時可以觀看潟湖景色，傍晚時可以看到遠方漁船燈火閃爍，靠，這就是有情有義有感覺的建築設計啦！（接下來晚餐當然喝不少，回房間接著喝這些每晚固定情節就不重複了……隔天早上用餐前我們到旅館的傳統大浴池泡個早湯，真過癮。）

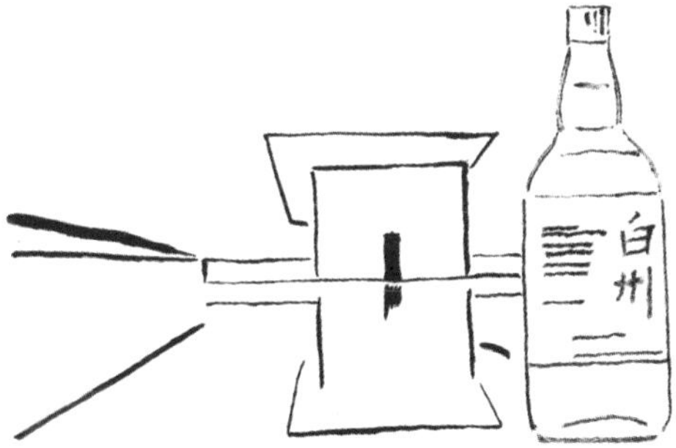
白州

京都國立博物館平成知新館啟發好多

第四天早上我們前往位在深山裡的「MIHO美術館」，這是由貝聿銘在一九九七年設計的。業主是一個宗教團體（神慈秀明會），為了保持外在山陵線條，建築物本身百分之八十藏在地下，它的戶外環境整理得整齊乾淨，很超現實。這個美術館的位置非常深山，但是好多人參觀喔。昔日叛逆文青的我，很多事都不懂先裝酷再說，出國旅行排斥去很多人會去的觀光景點；不過現在是個大叔了，覺得跟團去些大家愛去的場所，也算是一種跟世界和平相處的方式。跟建築團旅行的好處，是可以去到那些自己得費盡心力才去得成的偏僻景點，我們這次就去了好幾個我自己絕對很難到達的景點，真是感謝。我對MIHO的紀念品特有感，日本的博物館商品超會設計，它運用某些色彩某些造型某些重點做成貼紙檔案夾……等小文具，真好買（以後我去觀傳局或文化部當評審可以當道具）。

下午我們抵達京都，首先去看「京都國立博物館平成知新館」，這是谷口吉生二〇一四年的作品。新館的旁邊是本館，一八九七年就在哪兒，二〇〇〇年委託谷口吉生做整體規劃，花了十四年成為現在的模樣。我覺得台灣從中央到地方的博物館相關承辦人員都應該來這裡，看看人家是怎麼讓過去的古蹟和新蓋的場館並存。建築的道理我在現場聽了一堆，但是記不得了；可是我好喜歡這個新館，它就是個新生的傑作，設計想法和技術上有一大堆在和過去的本館呼應對唱。我在參觀時看到幾個打扮有型的年輕創意人在看展覽，我跟同行的朋友說，如果他女兒以後要出國學美術，建議她到京都，黃叔叔願意贊助學費。我們怎麼跟人家比啦？人家想不出設計時來這邊看個幾百年前厲害的雕塑或器皿，感受整個空間的氛圍，做不出好作品，也難。

跟喜歡大河劇的旅伴在京都自由行

第五天留在京都，早上看了「清水寺」、「桂離宮」和「東本願寺」，這些宗教建築並不是我的重點興趣，但是同行團員們似乎都看得津津有味。我感興趣的是他們的展覽或在廟裡的一些活動，這是本次參加建築團的心得，建築人太容易把所有心思都放在空間構成材料選擇，有時候忘了注意空間裡發生的事。我在某間廟看到一個人文主義色彩濃烈的攝影師拍的戰後七十年攝影展，對我衝擊甚大，還有我看到知名印表機品牌在寬敞的榻榻米空間展示列印成品原本在拉門上的畫作，那奇特的戲劇效果讓人難忘。

下午去看「西野山集合住宅」，妹島和世的作品，這些房子若不是跟團，我這輩子一定只會在雜誌或網路看到。接著我們去「大山崎山莊美術館」，

由左至右：宜蘭王建築師，建築團首席導覽大王老師，黃總編我，吃飯一定要配啤酒的吳董。台灣建築的未來靠他們了，我加減出點力。

這是遠藤秀平建築師在大關車站做的金屬浪板結構自行車停車場建築。它是個開放性建築，是屋頂延伸也是屋牆建築。

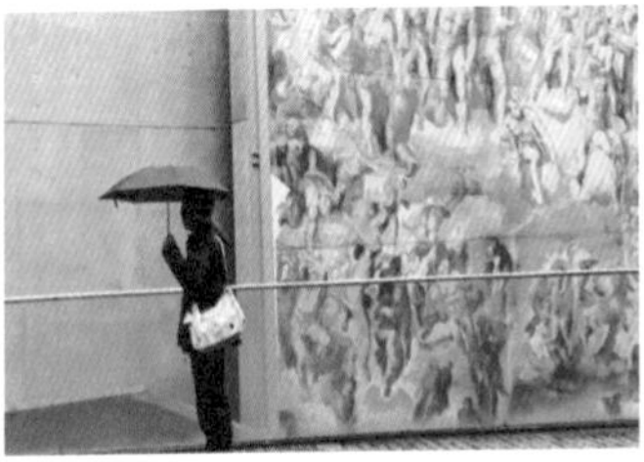

參觀「陶版名畫之庭」，這是安藤忠雄 1984 年設計的戶外美術館，呈現八件世界名畫。重點在於觀察通道位置、人造瀑布水池和畫作的關係。

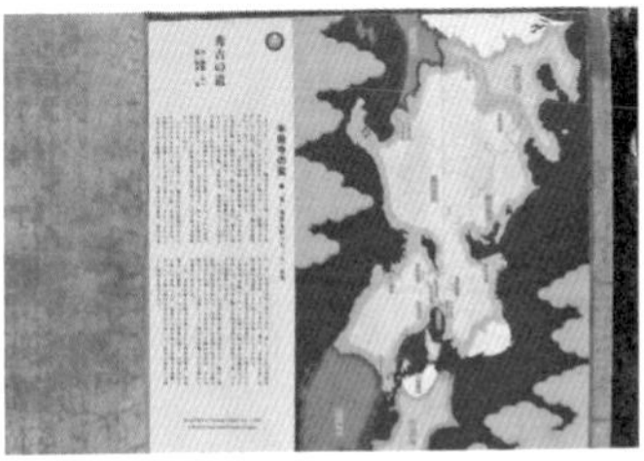

前往大山崎山莊美術館路上巧遇本能寺之變的歷史看板，日本人擅長用數字、顏色和圖表呈現歷史事件，麻煩台灣相關工作者好好學。

安藤忠雄一九九五年的作品，這個山莊位在京都郊外，我們在路上巧遇「本能寺之變」（織田信長的手下明智光秀叛變，火燒本能寺造成織田葬身火場，討伐的名言：「敵人就在本能寺。」）的歷史看板。那年春天我正好在看《軍師官兵衛》這部大河劇，對於織田信長和豐臣秀吉那段歷史覺得有趣，同行的幾個建築人竟然也對日本歷史有興趣，接下來我們喝酒靠北又有新題材。大山崎山莊是個私人美術館，業主要求建築師蓋一棟他在英國留學時喜愛的都鐸式建築。

第六天是自由行，因為已經和酒友們聊到大河劇，今天我們決定比照當年豐臣秀吉在織田信長遭遇本能寺之變採取的「中國大返還」（本能寺之變後，豐臣秀吉採納官兵衛的建議，迅速與毛利氏談和，接著率領部隊七天內從中國到京都一百九十四公里急行軍），用競走的方式多去京都好幾個點（走太快太操我記不清楚了）。

第七天我們坐車兩個半小時入深山，去看安藤忠雄一九九四年蓋的「木的殿堂」。當年是為了紀念日本植樹節蓋的樹木紀念館，位在森林中，沒有大眾運輸系統會到。下午我們去參觀「姬路文學館」，這也是安藤忠雄的作品，館藏內容包括日本近代文學史的作家和詩人，它的南館是「司馬遼太郎紀念室」，我強烈建議台灣各地文化場館的承辦人員和主管們要去現場認真看，如何在空間上陳列一個知名作者的生平和再現他的書房。參加這個建築團我學到好多跟建築有關又不是那麼相關的事，大豐收。至於從文學館就可清楚看到的姬路城，是日本的國寶，也是世界遺產，觀光客太多，來回得花幾個小時，下次再說。

以上就是我參與八天七夜的日本建築團。一天至少拜訪五個大師作品，很多地點在不易到達的小村落或深山上，它的費用當然比一般旅行團高，但是我真是太高興參加了這樣的行程。從此之後我在台灣跟那些建築評審或文化人聊天時，也可以妹島伊東隈研吾……什麼的亂扯，我只花八天就看了好幾個建築大師傑作和一大堆自己旅行一定錯過的東西，真是賺到了。感謝那些過去幾年刺激我沒去現場看見建築的前輩友人，感謝指導我建議我推薦我參加本團的才女大姐，超級佩服全程專業講解的建築老師大王，當然還有那些跟我喝了六晚、熱愛建築同時也熱愛酒精的大叔旅伴們。

偏見6
大叔認為去腹肌音樂祭
看山玩水比追團聽歌更重要

多數台灣人認知的音樂祭，大概的想像版本就是「簡單生活節」和「大港開唱」，某個週末在大城市的開放空間邀請許多國內外音樂團體表演，順便搭配好吃好買的市集活動，差不多就是這樣。不過，很多國外音樂祭不是這樣的，例如從一九九七年七月下旬開始在日本舉辦的「富士搖滾音樂祭」（Fuji Rock Festival，以下簡稱「腹肌團」，跟著這麼叫就對了），前兩年在富士山附近，第三年後地點移到新潟縣的苗場滑雪場，從東京羽田機場搭遊覽車約四個小時。音樂祭附近提供住宿的地方不多，很多人選擇露營，多數人在半年前就開始搶民宿。

它的原始概念來自一九六九年八月連續三天在美國紐約州舉辦的伍茲塔克（Woodstock）音樂祭，年輕人們千里迢迢到距離城市有段距離的自然環境享受音樂表演。根據過去十年教導我做雜誌和玩樂的詹偉雄大哥二〇一一年第一次參加腹肌的說法是：第一天就遇到大雨，就算穿了雨衣，雨水像瀑布一樣狂瀉，雙腳得踩著爛泥前進，在每個舞台之間移動都要走一段不算近的路，在體力大量付出的同時感官會變得很活潑。走過溪谷、森林、木棧道，在那幾天人們被斬斷原本和日常生活的聯繫，創造出另一段生命經驗。

都說成這樣了，當然很想去。不過大叔的紅塵俗事太多，一拖就是好幾年。想去但還沒去成的這段期間，可說是忍辱負重地在文青圈活著。我身邊的前輩朋友晚輩們，個個都是聽音樂追表演非常厲害的玩咖，但是在熱炒攤講垃圾話和酒吧倒酒兄弟相殘時，明明是在討論某團的新專輯，忽然就會扯到那年在腹肌那場他們怎樣怎樣，啊你沒去看過喔；或者在某個演唱現場講音響調校，也可以用腹肌現場的狀況來解釋，接著就補一槍：對喔跟你講這個你不知道。最後把我點醒的是愛聽音樂的建築前輩，他建議我們一定要去現場感受那個氣氛，聽音樂看團未必是最重要的，如果沒去過腹肌現場看人家怎麼在大自然放音樂，光靠想像沒用啦。

就這樣，二〇一五年底我約了幾個大叔朋友，決定隔年一定要去腹肌音樂祭，不囉唆，直接報名旅行社的團，我們根本沒時間和能耐自己安排住宿和相關瑣事，旅行社在這個世界存在的目的不就是要服務我們這樣的人嗎？我根本不在意哪個知名樂團要來，我就要去腹肌，去看看那邊的天空那邊的山和那邊的水，去創造一段在那兒才有的人生。

去腹肌最重要的就是防雨裝備

所有去過腹肌的學長學姐最重要的提醒就是會遇到下雨，而且是很大的雨。整個現場位於海拔一千多公尺的山上，路面非常原始，一旦下雨會非常泥濘，因此一定要穿雨鞋，最好是超過膝蓋的長筒雨鞋，問題是我們台灣人平常誰會穿這樣的鞋啊？我的對策是先在台灣的五金行買了一雙不到五百元的長筒雨鞋，經過幾次試穿後決定放棄，即使裡面裝了鞋墊搭配襪子穿起來還是不舒服。根據情資，許多人推薦日本野鳥協會針對賞鳥者設計推出的長靴WBSJ（Wild Bird Society of Japan），它的質地柔軟，方便收納摺疊放進隨身行李，台灣有進但價格偏高，去日本買划算。

除了雨鞋，遇到大雨時一定要有大斗篷雨衣，便利商店賣的小飛俠款不管用，登山用品的專業款才派得上用場，能把背包整個包覆，夠寬大才不會讓水流進靴子（長筒優於短筒的用意在此）。為了防水，前輩們再三交代一定要準備手機防水套和相關防水裝備（放地圖放錢包），在山裡遇到下大雨，那裡是沒有遮雨棚這種東西的。遇到下大雨，晚上氣溫下降，但白天可能二十幾度，溫差大一定要帶輕便機能款保暖衣物。如果準備不妥當，再好聽的音樂你撐不下去只能撤退回民宿取暖。

大叔如我，怕下雨怕受寒，行前收集資料知道下雨失溫的嚴重，不但自己把各種裝備都搞定，還拍照傳給相關團員，嚴格要求一定要比照辦理。到了會場的第一晚，多數團員都去衝音樂祭的限量紀念品，我最在意的竟然是官方紀念品販售區旁邊超市賣的WBSJ雨鞋有沒有我的尺寸，非常幸運的我搶到4L咖啡色款，買到之後我覺得如釋重負。然而最諷刺的是，我們今年遇上了十年難得一次沒有下雨的腹肌音樂祭，所有防水裝備統統沒派上用場（勉強說週日傍晚五點多有下了大約十幾分鐘的小雨）。

進會場前要採買酒精飲料和食物

參加腹肌旅行團的好處是不必提早半年費力搶民宿，如果你知道很多年輕人為了參加腹肌住在離會場一小時車程的民宿，而且是住在那種二、三十人以上的大通鋪，你會非常慶幸自己住在距離會場步行只要五分鐘就到的民宿。因為會場是在一個滑雪場小鎮，只有小型雜貨店，我所參加的旅行團從羽田機場拉車到會場之前，貼心安排我們到日本知名的量販超市AEON採買，未來四天三夜的飲水食物乾糧零食建議在此買齊。

參加音樂祭我不算資深，但是出國旅行我還算熟，每到一個地方最重要的就是買水買酒買水果；尤其是買酒，可說是人生最重要的事。在超市停留的時間只有兩個小時（採買加上用餐），非常緊湊。我得迅速擬定戰略和執行細則，我推算三個白天和四個晚上大概需要喝的酒精種類和搭

超級方便組裝的戶外座椅，重量夠輕，方便移動，是我本次在腹肌採買的前三名好貨。

事前的規劃是下大雨穿台灣五金行買的雨鞋，一般狀況穿登山鞋，到溪邊玩水穿溯溪型運動涼鞋，回民宿去澡堂穿夾腳拖。

在腹肌現場可以看到不同品牌的椅子占位置，可說是腹肌最有特色的風景。

由左至右：兩瓶威士忌，加州紅酒，義大利紅酒，兩瓶阿根廷白酒，日本麥燒酌，群馬地酒。右前方兩手是日本啤酒。散落的多款零食自己看。

配食物的幾種組合，一到超市我就直奔酒區。採買水果、飲用水和零食這些民生用品的事交給其他團員，買酒這麼重要的事一定得我自己來。

出國旅行首先一定要買的是當地特產，日本的麥燒酌和地酒是重點，怎麼選，看價格和包裝決定（愛喝酒的人往往有奇特的靈感）；再來是日本威士忌，這裡竟然有前幾年傳出要停產的余市，一支要價將近四千日幣，直接買兩瓶再說（我的打算是喝完一瓶帶一瓶走，機場免稅店現在根本沒賣余市）；再來是紅白酒，根據旅行經驗，白天行走用餐搭配葡萄酒非常爽，加上日本人太精了，他們懂得選酒，酒的進口稅又比台灣低，因此常常可以在日本超市看到台灣賣好幾千、在日本竟然只要一半價格的好酒，我挑了加州和義大利和阿根廷的；啤酒當然也要一些，建議買特別款，日本當地的三得利有夠好喝，喝了像身在天堂。

當晚在民宿開喝之前，我強烈要求先拍一張團體照傳回台灣給其他酒友會的夥伴參考看看，告訴他們我們是多希望跟大家分享喝到好酒的喜悅（然後把他們氣得要命）。後來幾天我們喝得好爽，光是第一晚喝加州這款知名導演科波拉酒莊的紅酒，搭配北海道知名得獎起司，平常根本不喝酒的友人都搶著喝，真是有夠好喝的啦。到了第三天吧，我跟團員們認錯，我低估了大家喝酒的本事，我採買的分量太少，不夠大家喝，這是我無可推卸的失敗。那我們就在腹肌現場直接買酒吧。

戶外座椅是前進腹肌的基本配備

在AEON採買，除了酒精飲料之外，我也打算瞧瞧戶外座椅的貨色。去過腹肌的學長姐都強調要帶輕便的摺疊椅，許多人還推薦去現場買特定品牌和主辦單位聯合推出的限定版，但是很有可能根本買不到。我沒那麼堅持一定要買什麼特別款，但是出發前就決定到日本現場看看，遇到什麼就買什麼。AEON是個三層樓的大型購物商場，一樓主要是超市和美食餐廳，二樓是服裝專櫃，三樓有些休閒用品專櫃。我意外在三樓看到一個戶外用品店正在促銷Coleman的摺疊椅，同行的建築師朋友大推這個牌子設計的椅子，說支撐性超讚，而且它的重量不到一千公克。如果要挑缺點，就是它的背高只到肩膀，無法支撐頭部，它的扶手普通沒有置杯架，但是若要有這些豪華配備，重量和價格都會往上跳好幾級。於是我就買了這個椅子，成為本趟腹肌團的重要配備。

後來我才發現，一張好坐、好搬運的椅子真的是太重要了。你在現場看到腹肌每個舞台前面好多人都把椅子當作占位子用的道具，椅子真的是好重要的配備，我的用法不是拿來占位置，而是跟著我機動換位置。因此我的確不需要最高等級的舒適座椅，感謝建築師友人的推薦。

強烈建議先搭纜車場勘，再去享受音樂

腹肌音樂祭從週五開始一共三天，第一天早上我們直接往最高的山上衝，搭纜車去山頂。同行的麥可大哥平常在台灣是個露營戶外咖，他一上纜車就說，這個風景好。然後就真的如他所說，我們經歷了前所未有的森林樹木觀看體驗，並且透過緩緩爬升的纜車路徑，不只看到不同樹種

植物的長相，還把腹肌音樂祭的幾個舞台全景一一看過，同時可以看到鄰近山脈湖泊的模樣，真的是太過癮了。到了山頂，主辦單位竟然還安排了肢體伸展活動，在草坪上邀請伯父伯母帶小孩做體操一起跳繩，我常說就是在這種時刻最想有自己的小孩了。

山頂的舞台裝置充滿巧思，同行的建築師友人邊走邊看邊讚嘆，他們怎麼想得到這麼做？就是找美術背景的人在規格怪異的畫布上畫出各種奇特畫作。你在感嘆他們為何擁有如此強大創作力的同時，我們想到台灣的發包單位對於驗收的死板標準和公事公辦。

接近中午肚子有點餓，我們覺得應該在山上吃飽再下山開始趕場聽音樂，這是去腹肌音樂祭的重要原則：一定要在肚子還不餓的時候去吃東西，一定要在還沒有很想上廁所的時候去排隊等廁所。我們在山上木屋的餐廳用餐，我點了咖哩飯和啤酒，小黃瓜是領隊小姐特別推薦我們在

AEON買的；當地的小黃瓜超級好吃，口感脆，氣味香，在腹肌現場買的餐點常常沒有蔬菜，強烈建議多買些補充。第一天只進行了一個早上，我們連一場音樂表演都還沒看，同行的團員已經跟我反應，這團真是太讚了，從昨晚的採買到今早的場勘，怎麼會有這種充滿戰鬥性和身心體驗的團，明年我們再來吧。天啊，我們連一首歌都還沒聽就已經達到高潮了。

溪水泡腳＋森林小道＋燈光規劃

在腹肌現場，為了聽音樂就是不停地移動，不過千萬不要忘了在移動的過程停下來感受環境的美妙。例如在綠舞台（Green Stage）和白舞台（White Stage）之間，有個歡迎大家玩水的蜿蜒溪流，那溪水無比冰涼（想想這裡冬天是滑雪場，海拔超過一千公尺），腳放進去能超過一分鐘表示你非常不怕冷。我們把事先在超市買的啤酒和小黃瓜帶著，中午抓空檔直接在溪畔接地氣。如果你沒有在腹肌現場的溪水泡過腳，就算你看到什麼搖滾天團，我覺得你還是非常失敗。就跟你說到國外參加音樂祭最重要的怎麼會是追團聽歌看表演啦，是享受那個環境才對吧。

在白舞台旁邊的林間小道是另一個驚喜，白天經過時沒有特別注意，晚上走過才發現兩側樹木高處都做了燈光裝置，不是投射式的照明，而是彩度高的裝飾型燈泡安排，讓夜晚在樹林間行走的人們有視覺的享受。再往會場的最裡面走，有個寬闊的大廣場，安排了人們可坐著用餐休息的開放帳篷屋頂區域，整區採用溫暖的橘色照明，不但不刺眼而且有股暖暖的放鬆感。同行的建築師朋友感慨地說，這些看起來很素樸的設計其實都是很用心厲害的設計；要是在台灣做類似的事，客戶大多不太能接受，而是要「看得出有在設計」的設計。

搭纜車到山頂，不規則剪裁的布料包裹著原本單調的升降台，FUJI ROCK是用廢棄CD片拼湊而成。女孩身上的披肩是今年超搶手的官方紀念品。

搭乘纜車從低海拔爬升到高海拔，可以近距離看到不同高度的樹木長相，每個車廂最多可坐四人。建議週五早上搭，人最少。

在腹肌山頂的午餐，分量有點少的咖哩飯，加點了生啤酒，小黃瓜是自己帶的。

在腹肌行走趕攤很操，適時補給清涼啤酒很重要。原則上不能帶罐裝飲料進場，我們的對策是把紅白酒烈酒裝在水壺，這罐啤酒是酒友夾帶分享的。

品牌體驗和視覺享受

腹肌現場有許多品牌參與，一入場我看到這個 Fuji Rockers Forest，之前我根本不知道這個牌子，它似乎是新潟縣當地的木材相關產業，透過用心的照片和文宣跟消費者溝通。最令我佩服的是 Keen 這個運動涼鞋品牌，它在現場提供免費的鞋子出租服務。因為腹肌現場地面很不好走，穿一般球鞋勉強可應付，我自己選擇穿長筒登山鞋，除了抓地力好，登山鞋的表面防水性強，它堅強的外表可以防止你的腳踩到不平整的路面，降低腳受傷的機率。

在腹肌你時時刻刻都在走路，晚上在趕路時根本沒法子看路面，一定得穿可以保護腳的好鞋。Keen 免費出租鞋子的做法真聰明，這就是在消費者最需要的時刻提供體驗產品的機會，我自己平常就會穿他們家的鞋，好感再追加。

此外，我在舞台周邊看到啤酒和運動飲料的平面廣告看板，我想像如果是在台灣的場子，我們找到的贊助品牌會提供什麼樣的輸出物，是裝可愛的女明星拿著飲料杯說讚，還是把品牌商標放到最大呢？審美的事，我們離人家還很遠，真的非常遠。

在腹肌現場聽音樂，遠遠的就好舒服

到腹肌現場，多數的台灣文青最在意的就是追團。麻煩的是，大叔我最不想做這樣的事，為了擠到舞台前面，得在表演前好幾十分鐘去卡位，這世界上有那麼多有趣好玩的事，何必傻等呢？對我來說這次的重點大團絕對是 Wilco，這個來自芝加哥、成軍超過二十年的知名搖滾樂團，可說是今年來腹肌的大團裡面我買過最多專輯的一個。但是演出前我跟大叔友人們直接往舞台對面最遠的山坡去，躺在斜斜的草地上睡午覺，開唱的時候朋友把我叫醒，我睡得正熟，氣得要命，直接放話：「你去叫 Wilco 等一下啦，還沒睡飽啦！」

你以為聽音樂是來腹肌最重要的事，其實來腹肌是要讓自己活得像自己。Wilco 那天的表演被好多內行朋友評價是這次腹肌的前三名，他們彈奏了好幾首名曲，超有誠意。這是在日本參加演唱會的好處，日本樂迷很內行，樂團知道這點所以會認真出手，因此在日本常常會參與到華麗無比的演出體驗。話是這麼說，整場 Wilco 的表演我就躺在草地上懶得起來，我覺得從地上往上看過去的樹木尾端與天空交接的線條，是我前所未有的搖滾體驗。偏偏日本人的音響弄得有夠好，距離舞台幾十公尺

跟腹肌音樂祭有地緣關係的木材產業品牌，在入場主要道路的左手邊擺攤，在某個市集還有更詳細的產品介紹帳篷攤位。

主辦單位在樹林通道的上方安排了裝置作品，增加移動的趣味，也讓許多親子團的小朋友們有東西可以觀賞。

運動涼鞋品牌 Keen 在腹肌現場提供免費鞋子租用，很多人低估音樂祭的難度，沒穿適當的鞋，這種「體驗行銷」的手法真的很高竿。

整個會場最裡面的廣場有個特大帳篷休息區，裡面擺了很多條長桌提供人們休息，採用暖暖的橘色燈光，非常溫馨。

遠的山坡聽得層次分明，大舞台架設體貼用心，讓我們大老遠也能看到特寫畫面，真是太爽了。

第二天晚上我還看了席格若斯（Sigur Rós），這個冰島樂團來過台北，我竟然還去台大體育館現場看過。但是看了他們在腹肌現場魔幻舞台效果的聲光表演，我覺得在台北看到的那場根本不算數。在那一刻，我忽然了解那些損友們在過去幾年為何如此瞧不起沒去腹肌看過現場表演的我，他們取笑我的話，一點也沒錯。

這些日本團徹底打動了我

去腹肌音樂祭之前幾個月，官方網站會列出所有參加樂團的影音連結，那陣子我每天最重要的事就是點擊那些奇怪外文字母所代表的音樂團體，試聽他們的音樂，然後決定音樂祭那三天現場的趕場順序。此外，身邊很會聽音樂的朋友當然也會給建議，你當然要去聽這個啊，還有這個真的很難得喔（我真的很佩服這些怪咖，他們怎麼知道這麼多啊）。我想這就是參加國外音樂祭的好處，我原本認識的團大概只有百分之十（不誇張，十個團有九個大叔根本不認識），但是經過惡補和認真做功課，出發前大概認得接近一半。

我最期待看的一場演出是週日早上在Field of Heaven演出的fox capture plan，這是個日本三人現代爵士團，我事前找資料上網意外聽到，驚為天人，三個年輕男生一個彈鍵盤一個彈貝斯一個打鼓。早上十一點和幾千人一起跟著他們節奏強烈的旋律搖擺，真的太爽了！這樣的團就算沒有紅又怎麼樣，至少這三個年輕人覺得他們曾經玩過團，未來的人生就算去煮麵開計程車回家帶小孩也不是問題。

還有就是意外下午在帳篷區遇到一個大叔主唱，叫做今西太一，他就是個老頭，但是跟團員們認真地彈樂器唱歌，台下不算多的幾十個觀眾超熱烈地回應，那個畫面感動了路過的我。誰說去腹肌就是花時間去追大團，這樣的小團好感人啊。

手作品牌群聚的波西米亞角落

日本人辦音樂祭超有心機，他們透過不同規模的舞台人數設定，安排不同的樂團在各個時段演出，然後在舞台周邊邀請和這個舞台演出的音樂團體精神上有物質連結的大小品牌來擺攤，我逛了幾次，愈逛愈覺得規劃者真是太用心良苦了。我在 Field of Heaven 逛得最爽，因為這區設定就是給波西米亞風格文青逛的店鋪。我在這區逛到一大堆台灣自創品牌朋友可以參考的店家，我自己也在此淪陷，他們的T恤和手作帽子怎麼會這麼好看，完全無招架之力。

最特別的是在Field of Heaven這區的角落，有個手繪兩位今年離開我們的搖滾明星的畫作，一位是大衛．鮑伊（David Bowie），另一位是王子（Prince）。我一看到這個，覺得完全被打敗了，刻意用不修飾的樹枝當作畫框，用抽象寫意的方式描繪兩位搖滾歌手的神態，真是高明。音樂不只是拿來聽的，音樂是在生活之中。這是腹肌教會我的事。

為了避開泡湯人群，大叔不看壓軸團

最後一晚星期天單天入場人數據說爆量，考量前一晚我們去民宿附近的公共澡堂大排長龍，我強烈建議大叔團員們千萬不要抱著看完壓軸團再跟幾萬人一起離場的想法，一定要提早離場，當大家都還沉醉在精采表演的時刻，就是我們撤退的最好時機。話是沒錯，可是今年參加腹肌的人實在是太多了，不是幾萬這種，是十幾二十萬的等級，我們要從最大的綠舞台後方的主要道路往出口移動，竟然人貼人地接近定點不動半小時，我們也趁著這個移動停滯的空檔聽了壓軸大團嗆辣紅椒（Red Hot Chili Peppers）好幾首歌。

離開現場果然如我所料，大家都還在聽歌，我們趕快回民宿拿換洗衣服然後走到距離約五分鐘的澡堂。民宿的一樓也提供家庭式澡堂，大約可同時容納六至八人泡澡，不過導遊們推薦我們去外頭更大的澡堂，一次一人九百日幣，第二次之後一人七百。我們住宿的四個晚上每個晚上都去，有幾天早上我還特別去民宿樓下體驗。幾次去日本旅行發現，早晚泡湯是最有效的能量復元，再累再晚喝得再誇張一定要泡湯後再上床睡覺，早

我覺得在腹肌最棒的聆聽位置是舞台遙遠對面的山坡，你看的是高聳入雲的樹木和藍藍的天，搭配要命好聽的搖滾樂，這才是人生啊！

這是腹肌現場免費提供的垃圾袋，好看得要命，光拿這個回來送設計朋友絕對不會漏氣。

在現場某個角落看到大衛·鮑伊和王子的畫作看版，眼淚忍不住流了下來，這才是熱愛音樂的搞法啊。

週日早衝去 Field of Heaven 看三個日本年輕男生組成 fox capture plan 樂團，跟著他們節奏強烈的旋律搖擺，我真的超愛他們的。

上吃早餐前若能再泡個早湯，更是神清氣爽。可是我這次跟音樂團才發現，原來年輕人是不吃這套的，他們午夜還在會場聽音樂趕趴，民宿有澡堂何必多花錢去外頭洗澡。此外，年輕人聽的音樂追的團真的都比較新潮犀利，這應該就是大叔和少年文青的差別吧。

以上就是大叔去腹肌音樂祭覺得好重要的一些事，音樂當然好聽，但是請你千萬不要只為了音樂去腹肌。相信我，音樂的確是美好的事，但是這個世界上美好的事情還有很多，別只追逐音樂。跟才華洋溢的朋友們一起去感受自然環境、場所設計和感官刺激，讓自己成為更全面完整的一個人。

偏見7

大叔去南歐旅行
一直在喝酒

南歐包括很多地方：由西到東大家熟悉的是葡萄牙、西班牙、法國南部、義大利、希臘……這些大家相對熟悉的國家；義大利東邊的克羅埃西亞、保加利亞……其實也都算。在我過去二十年幾次歐洲旅行經驗裡（第一次去德法捷，第二次去義大利，第三次去英德……北歐至今仍未去過），最喜歡的是義大利和西班牙。義大利專程去了兩次，南法加北義一次，西班牙一次。

每次朋友問我南歐到底有什麼好玩，我總是說那些旅遊書上的景點當然很讚，整個南歐深處在地中海北邊，溫暖氣候深深影響了這個區域，最吸引我的是那邊整天都讓人想要喝酒吃東西，下輩子若要投胎我一定要生在地中海沿岸。

找當地的酒，喝當地產區的酒

去南歐喝酒，通常指的是喝葡萄酒。喝葡萄酒這件事，最重要的不是花錢裝闊，而是入境隨俗。出國旅行，特別是去那些有生產葡萄酒的國家，事先研讀該地產酒區域地名的葡萄酒地圖非常重要，也就是那些會出現在酒標上面而我們其實看不懂的西班牙文、義大利文和法文。

然後你也不必裝懂，故意找那個你事先看到的地區和葡萄品種。根據經驗，當地商店和餐廳的酒種一定多到你無法想像，這時候只須遵照兩個簡單法則：第一看產區，在西班牙就找西班牙酒，最好請對方指點這個區域的，在北義就優先買北義的；第二挑價格，原則上在一般超商，十歐元（目前匯率換算大約是台幣三六〇元）已經有相當不錯的酒可選。

在餐廳點酒的費用比零售通路略貴，但是千萬不要省這個酒錢，南歐的食物就是要搭酒。在當地旅行中餐通常吃得晚，一點多才準備找餐廳，坐下先喝冰白酒（有時候啤酒先），搭配主菜點一瓶紅或白酒，兩個人一餐至少一瓶半。然後三點多開始下午的行程，七、八點以後再好好找個地方吃晚餐……當然還是要喝酒。

好喝的葡萄酒通常比較貴，舌頭騙不了人

說明一下，我是一個在台灣不太有機會喝超過台幣五百元葡萄酒的大叔，這句話真正的意思是我花很多力氣去找台灣可以買到的可入口同時價格可以接受的葡萄酒。長期以來，台灣的葡萄酒因為進口稅的關係，無法成為平價的用餐搭配飲料（每次我去香港和日本，光看他們的葡萄酒售價就忍不住買回旅館喝）。雖然這幾年因為幾個量販通路的大量進貨，

改善了價格偏高的狀態，但是好喝的葡萄酒售價在千元上下居多（這是真的，舌頭無法作假，難喝騙不了人）。

所以只要有機會到南歐旅行，當然就是找到機會就一直喝酒，以下是愛喝大叔部分飲酒吃喝筆記，真的好懷念那些年的旅行啊……

西班牙

走進路邊 tapas 店，立刻開喝

所有人都會提醒你：去西班牙一定要吃 tapas，但非常容易踩到地雷。不過，踩雷和找到真愛這種事都是運氣，在每一趟旅行都會遇到。其實 tapas 店就是台灣小吃店或滷味攤的生活情調版，吃過後讓人非常想在酷熱的夏天午後點冰啤酒配小菜。冰啤酒，吧台現場拉的那種，一定要的。

巴塞球迷開的小吃店

中餐時段在巴塞隆納街頭找路，意外發現這間很有人氣、很吵鬧的小吃店。我常形容這種店是安東尼．波登會來吃的店：店招牌不顯眼，沒什麼觀光客，講英文當然沒有用，但是這根本不重要！啤酒通常只有一種，當然點這個，看別桌點什麼菜就跟著點，這就是當地人日常生活會吃的午餐啊。天花板的足球隊旗說明老闆的喜愛，投入運動的人通常是熱愛人生、熱愛美食的人。因為是迷路遇到的店，我非常擔心這輩子再也找不到這家店。

在歐洲旅行時常在路邊看到一群大叔大白天就在喝酒聊天。和有話講的朋友閒扯是日常生活最重要的事，這就是大叔嚮往的理想人生終極幸福版。

在巴塞隆納意外發現這間足球迷開的小吃店，看別桌點什麼菜就跟著點，啤酒只有這個可選，跟著當地人吃喝就對了。

專賣觀光客的海鮮餐廳

去西班牙自助旅行是冒險，除了在地鐵和馬路上要非常小心扒手，選擇餐廳常常踩雷。這天晚上我們累到不行，就在巴塞隆納港邊隨便挑了一間餐廳，不能說非常難吃，但是很明顯就是給觀光客的菜色，服務生把海鮮飯拿到桌邊分盤，明顯是在作秀，海鮮湯普普。我們點了一瓶很常見的白酒，還是要喝的啦。

馬德里老牌餐館吃中餐

那年去馬德里巧遇好幾家厲害的餐館。在當地吃中餐通常是下午一點才開始，先點前菜，西班牙火腿搭配哈蜜瓜真的是天作之合，當地蔬菜的

口感鮮美讓人非常羨慕他們的風土。我們意外點到牛雜總燴，完全是工夫菜的料理方式，慢火燉煮，軟爛無比，入口即化。

馬德里咖啡館早餐

在南歐旅行吃早餐，多半是去咖啡館點杯咖啡配可頌，他們的家常咖啡和平民麵包都有不凡的水準。這天早上接近中午，我直接點啤酒配可頌，朋友點了咖啡配巧克力蛋糕之類的。在南歐，吃喝是重點。

瓦倫西亞超美味海鮮飯

瓦倫西亞位在西班牙東邊的中部，是個很有特色的小城，那年我是為了看一級方程式賽車去待了整個週末。這家海鮮飯專賣餐廳的醃漬前菜超讚，礦泉水和紅酒道地，墨魚海鮮飯超級特別，以後我一定要再去瓦倫西亞這家店吃一次。

義大利

在米蘭像家的餐廳喝 Grappa

在歐洲旅行會常常花兩三個小時吃晚餐。在這間餐廳最美好的回憶是餐後喝的 Grappa（葡萄渣釀的烈酒，接近白蘭地的酒精濃度和口感，是義大利人晚餐後習慣喝的酒），要搭配開口如花朵綻放的高腳杯，喝之前用鼻子好好聞它的氣味。在台灣不容易買到，建議去義瑞奧等中歐地區旅行一定要嘗試。

米蘭舊運河畔新酒吧聚落

米蘭是義大利北邊傳統工業大城，商業活動非常活躍，全世界設計圈每年三月的重頭戲米蘭家具展，全米蘭的飯店和餐廳會大爆滿。米蘭的設計商店和流行店鋪非常多，這座城市的飲酒場所和義大利其他地方相比，更注重氣氛營造和室內擺設。這一區是過去的運河區，重新規劃後出現很多飲食店。在此點酒建議點單杯，可多點幾款來嘗試。

去賽車場的重點是跟朋友喝氣泡酒

很多人問我去現場看一級方程式賽車值不值得、過不過癮。兩天（排位賽＋正式賽）的門票都要台幣一萬多，多數現場的位置根本看不到超車或

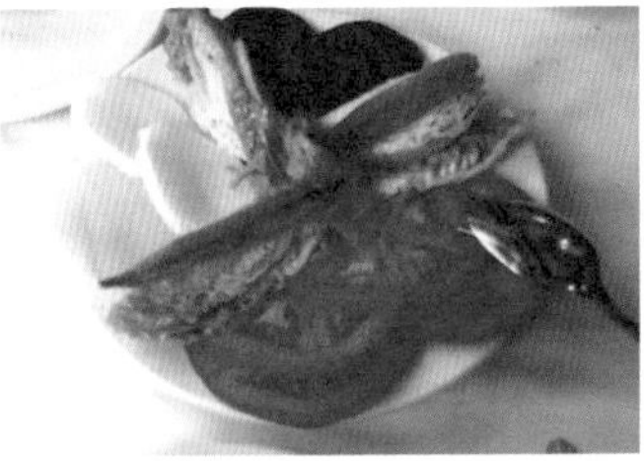

在西班牙點菜，一定要點前菜，例如火腿搭配哈蜜瓜，真的要嘗嘗。上圖是鹹魚起司蔬菜，細條的鹹魚是提味的關鍵。

在義大利餐後要喝 Grappa，這是用葡萄渣釀的烈酒，接近白蘭地的酒精濃度，要搭配開口如花朵綻放的高腳杯，喝之前用鼻子好好聞它的氣味。

位在米蘭舊運河畔的新潮酒吧，不僅空間設計有看頭，店家挑的酒和菜色搭配比較新，擺盤有星級餐廳的水平，適合注重視覺效果的飲酒者。

去賽車場看賽車之外，最重要的是跟朋友哈啦喝酒啦！我就坐在這群大叔的後面，看著他們邊聊邊喝氣泡酒，不是喝幾瓶而是喝好幾手，好爽。

衝突畫面，那幹嘛去現場？會這樣提問的朋友通常就是很難維繫深度友誼的朋友，像這年我去義大利北邊的 Monza 看賽車（距離米蘭約一小時火車行程的小城），你還真的以為大家到賽車場是在看賽車啊，當然是一群朋友哈啦和喝酒，我就坐在這群大叔的後面，看著他們邊聊邊喝，把兩三手的氣泡酒統統喝光，好羨慕。

偏見8
大叔去美國現場看職棒一定要買紀念品

每年四月是棒球迷最快樂的季節，從十一月開始冬眠的棒球終於要在春天展開新球季。三月分看美國日本台灣各地職棒的春訓轉播畫面，提醒著棒球迷，春天就要來了。所謂的春訓，其實就是暖身的意思，不只是球員暖身，觀眾也在暖身，透過轉播畫面常常看到觀眾很不專心看球，一直聊天，甚至很多人躺在外野草皮睡覺，他們到球場真的是看球嗎？大叔對這事挺有意見的，且讓我從棒球跟台灣球迷的關係開始說起。

大叔對台灣棒球歷史有著特殊情感

到現場看棒球這件事，台灣朋友其實不陌生：台灣職棒比賽（從早期的味全龍三商虎兄弟象統一獅到現在）、學生棒球比賽（太多好手都是在高中青龍旗被球迷認識），或者二〇一五年十一月在台灣舉辦的十二強比賽中，我們國家隊精采的演出（林智勝在台古之戰揮出的三分全壘打成為台灣棒球迷最熾熱的集體記憶）。

對遙遠歷史戰役的念念不忘，充分顯示大叔的看球資歷頗深，現在記得味全龍和三商虎的球迷，肯定是走過一九九〇年前期職棒開創歲月的鐵桿情深棒球人。二〇〇〇年之後前進大聯盟發光發熱的郭泓志和曹錦輝，都是一九九〇年後期在青龍旗場上活躍的高中生。說到林智勝二〇一五年在台中洲際球場揮出的那支石破天驚全壘打，你怎能不知道撼動人心改變台灣的全壘打至少還有以下這兩支：二〇〇一年在台北天母球場，陳金鋒從日本國家隊打出的那支；還有還有還有一九八三年在韓國蠶室球場進行的亞洲杯，中韓加賽一場，誰勝就可以參加隔年的洛杉磯奧運，第四棒趙士強忍辱負重的再見全壘打（所謂的辱，因為先前比賽後段擔任一壘手的趙士強在關鍵時刻漏接，輸掉重要比賽）。或許對年輕球迷來說，這位外號「微笑喬治」的趙先生就是這些年參選台北市民意代表不幸落選，在台北市體育場旁開了間運動用品店的中年大叔。但棒球怎麼只是比賽而已呢？它是球迷的青春記憶，是時代榮光與悲傷的情緒濃縮。

不過本文的重點放在去美國大聯盟看棒球，台灣的部分有機會再說。

去美國看職棒這件事會成為台灣球迷的重要活動，是從二〇〇五年五月王建民在紐約洋基隊擔任先發投手拿到大聯盟第一勝說起（二〇〇六年他拿到十九勝）。記得那幾年，美簽不太好拿（二〇〇一年九一一恐怖攻擊事件後的副作用），入境美國的程序變得非常麻煩（託運和手提行李的嚴格規定就是從那時候開始，入關前還要把鞋子脫掉……）。不過那時候我們這些球迷都用這招輕鬆過關：在台北申請簽證時，一定要穿紐約洋基隊的T恤；審查官詢問你去美國幹嘛，英文就算很菜，只要說「Chien-Ming Wang」（王建民）和「baseball」（棒球），一定拿得到簽證。在美國入關也用一樣的招，「Chien-Ming Wang」和「New York Yankee」（紐約洋基隊），這兩個名字超好用。

老美到棒球場不只為了看比賽

我去美國現場看大聯盟棒球的初體驗，稍微比王建民熱潮早一點點，二〇〇五年春天我到舊金山旅行，該趟旅行重點除了去納帕（Napa Valley）的葡萄酒莊飲酒，就是安排了去「奧克蘭運動家隊」（Oakland Athlete）的主場「競技場」（Coliseum）看球。奧克蘭位在舊金山灣區（Bay Area），現在大家超瘋迷的ＮＢＡ金州勇士隊也在附近。舊金山市區交通便利，搭捷運就可以到球場（相較之下去洛杉磯道奇球場一定得開車），此外，奧克蘭運動家隊的票價也相對便宜（大牌明星少）。這是個老球場（布萊德·彼特〔Brad Pitt〕主演的電影《魔球》〔Moneyball〕很多場景都是在這個球場拍的），我一走進這個球場整個被嚇到，我買的內野上層便宜門票區域竟然離球場這麼近（某種奇特的視覺效果），球員看得好清楚，綠油油的草地好詩意。

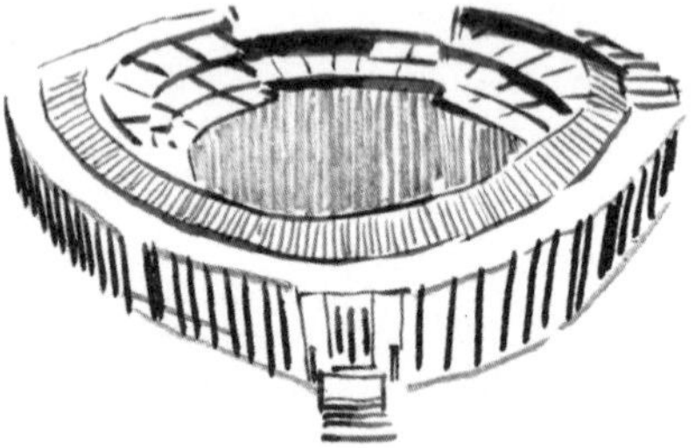

說真的，若要看球賽內容、研究投手的球路、打者的揮棒和野手的守備動作，那就在家看高畫質電視轉播啊。去現場就是要去看那些電視看不到的，例如開場前的練球，比賽前球場會有參觀行程，還有球場外驚人數量和規模的各種美食攤位。就算是比賽進行中，還是有很多人在排隊買食物，他們可能覺得來球場吃東西和看球一樣重要，或者更重要吧。

老美習慣帶小孩一起去球場看棒球

我們看過太多美國影集例如《慾望城市》（Sex and the City）的四個女主角坐在洋基球場的外野上層，只是聊天和注意某個帥氣菜鳥選手的肌肉線條；知名的脫口秀主持人比利·克里斯托（Billy Crystal）是洋基球場的常客，但是常常鏡頭帶到他都是在跟朋友聊天而不是在看球；伊森．霍克（Ethan Hawke）主演的電影《年少時代》（Boyhood），他和妻子離婚後固定和兒子女兒見面，帶他們出去玩，其中當然包括帶孩子們去棒球場看球。

所謂「棒球是美國人最重要的休閒娛樂」就是這個意思。常常在球賽轉播看到父親帶著很小的小孩到球場（常常是好幾個），對我這樣一個不負責任不願意養育小孩的大叔來說，這輩子最想要有自己小孩的時刻就是看大聯盟轉播了。看到那些父親和子女的互動，或者老夫老妻一起坐在看台的模樣，大叔的眼淚常常就這樣流了下來，如果一家人一起到球場看球不算真情流露，這世界應該就沒有真情流露這種東西了。

巨人隊球場入口下方的「威利．梅斯大門」（Willie Mays Gate），以傳奇中外野手命名。如果類比台灣，就是「棒球先生李居明入口」。

舊金山巨人隊的球場靠海，右外野全壘打牆後面就是海灣。

挑高的空間、流暢的動線、親切的標語，一定要再去舊金山看棒球。

去巨人隊球場必吃大蒜薯條；大蒜嗆、薯條酥，一定要吃的啦！

去舊金山看棒球，推薦吃大蒜薯條

舊金山巨人隊的球場靠海（AT&T Park，美國電話電訊公司贊助冠名），它的右外野全壘打牆後面就是海灣，設計時是為了一九九〇年代隊中的全壘打王邦茲（Barry Bonds），邦茲是左打，他的全壘打多半是飛向右外野，因此特別設計了這樣的球場。

我常跟身邊的朋友說，只要你去美國看過一次現場棒球比賽，絕對能體會為何棒球能夠在美國成為國民運動。它們棒球場設計之精妙讓人佩服，就算坐在遠遠的外野看台，你仍然看得清楚場上的狀態，臨場感十足。

巨人隊球場有個美食常常被美食旅遊節目報導，就是大蒜薯條。這當然是我去巨人隊球場的重要原因之一，大蒜嗆，薯條酥，一定要吃的啦。

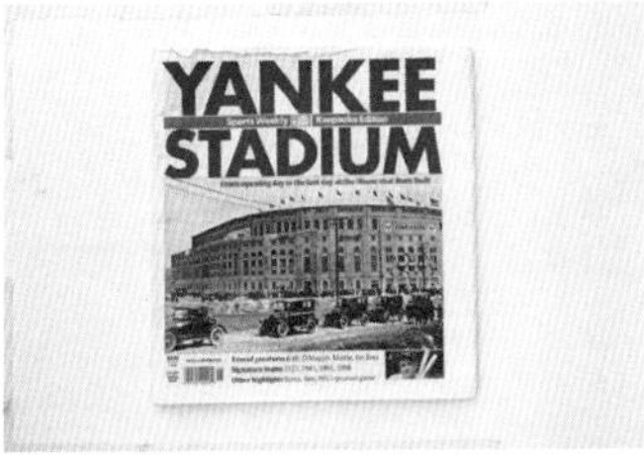

2008 年球季是老洋基球最後一年，《今日美國報》特別出了九十頁特刊作紀念。

資深的大都會球迷喜歡黑底棉質的帽子，比現在常見的藍底橘字款有歷史感。

這是昔日洋基王朝的當家捕手波薩達（Jorge Posada）代表波多黎各參加世界經典賽的 T 恤。

這是盧．賈里格（Luc Gehrig）的背號 T 恤，很多人認為他是最偉大的洋基球星。

大都會球場全壘打牆後有個大蘋果裝置，當主隊打出全壘打時會出現。

買大聯盟球衣和周邊商品，台灣的選擇實在太少了。去美國當地的球場或者球隊所在城市的運動用品店逛，隨便就會發現一大堆精采的商品：到當地買球隊相關產品常會意外遇到好貨，許多款式只在美國當地有賣。這就是去現場的重點啦。

去紐約看棒球，採買傳奇球星背號T恤

我何其有幸，在老洋基球場落幕前（二〇〇八年是最後一年）造訪過，還特別買了《今日美國報》（USA TODAY）的洋基球場紀念特刊（其實是報紙形式約九十頁）作紀念。新的洋基球場在舊球場的旁邊，都是位在布朗克斯區（The Bronx），從曼哈頓搭地鐵過去很方便。新舊洋基球場我各去過一次，都是買週間下午比賽的票（比較便宜），球賽內容記不

得了，只記得都吸引了很多觀眾，即使是非假日的比賽也是很多人，我自己的觀察是觀光客球迷居多（很多老美難得到紐約一次，就會來洋基看場球）。

紐約的另一支球隊大都會隊的主場「花旗球場」（Citi Field，花旗銀行贊助冠名）在知名的華人聚集重鎮法拉盛（Flushing）的前一站地鐵站。大都會的球場非常大，相較於洋基主場是個對打者有利的主場，大都會的外野範圍很大，中外野全壘打牆後面有個大蘋果的裝置，當主隊打出全壘打時會出現。

球場的販賣部會有不同專櫃賣不太一樣的球隊衣服，我通常會去市區的運動用品店多逛幾家，球場賣的多半是現在球員的衣服。因為大叔看球資歷比較久遠，常常喜歡一些已經退休或者歷史傳奇名將，好比說活躍於二戰前的盧．賈里格，我買到了他的背號T恤，可當傳家寶物；一九八〇年代大都會隊有位草莓先生（Darryl Strawberry），他豪邁的揮棒姿勢和瀟灑的外野接球動作讓人著迷，我買到一件他的背號T恤；還有當年在波士頓紅襪隊大紅大紫的佩卓·馬丁尼茲（Pedro Martinez），二〇〇五到二〇〇八年間加入大都會隊，我現場看過他的風采，他一上場，所有隊員都神經緊繃。他是擁有攝人魂魄的大投手，當然要買件他的背號T恤。找個時間再去紐約吧，看球採買去！未來人生有機會，大叔一定要再去美國現場看棒球，紀念球衣繼續買。

偏見9

大叔在人生不同階段喜歡不同的日本偶像劇

生活在台灣的我們從一九九〇年代初期開始有日劇可看，非常慶幸有機會看過這麼多要命好看的日劇，消耗了我們大量的青春和無法計算的眼淚。所謂的「日本偶像劇」，不只是偶像來演，它也是「趨勢劇」（Trendy Drama），它集合厲害的製作人、劇作家、劇組人員一起工作，將商品訊息置入行銷，是非常厲害的一種戲劇類型。

一九九〇年代我還是個少年文青，二〇〇〇年後進入後青春期，二〇一〇年至今是個中年大叔。因為青春過、痛哭過、流浪過、幸福過、酸楚過、折磨過、辛苦過，非常需要日劇陪伴。幸運如我，在人生的每個階段都有好看的日劇陪著我，特在此挑出三十部大叔精選日劇，跟大家分享這些讓我每次看都淚流滿面的好劇（這句話的意思就是每一部我都看了好多次）。

且讓我用最愛的《長假》這段話開場：「人總有不順利或疲倦的時候，在那時候，就把它當成上天給我們的休假，不必勉強衝刺，不必努力加油，一切順其自然。等到假期過後，一切就會好轉。」就從看這三十部戲開始吧！

二十幾歲男孩瘋狂愛上的日劇（1990-2000）

還是男孩時，喜歡看男主角千辛萬苦追上女主角，整個九〇年代我看了一大堆木村拓哉演的戲，覺得山口智子性情最真，松隆子很有氣質，田村正和演戲有技巧。主題曲通常記得最清楚，而搭配名場面的旋律是少年時期最動人的美好回憶。

1《愛情白皮書》— 木村拓哉還在演男配角的青澀作品

所謂的日劇啟蒙作，很多人會選《東京愛情故事》，但我一定選這部。本劇呈現一群大學生戀情和友情的種種，完全是念文學院的我身邊同學發生過的事。劇本改編自當時很紅的女漫畫家柴門文的原作，那時我們看過漫畫原著，電視腳本是由九〇年代超重量等級的北川悅吏子負責，她太擅長發展這種「青春時光到成人歲月」的愛情故事。至於演員，這是木村拓哉只能演男配角的少數日劇，他演一個認真付出追求女生，但對方只把他拿來取暖的工具人。

2《青春無悔》— 小孩先生主唱的動人主題曲

多年之後重看這齣戲理由有二：首先是看當年這群年輕演員紛紛成為之後二十幾年的一線演員，包括木村拓哉、大澤隆夫、荻原聖人、深津繪里，鈴木杏樹和武田真治後來不活躍就別算了；第二個理由是本戲超厲害的主題曲，該曲是一九九四年底小孩先生（Mr. Children）發表的第六張單曲〈Tomorrow Never Knows〉，這首歌是日本史上銷售量前三名的電視劇主題曲。流行歌和戲劇的結合，對音樂有極大的傳播效果，一九八八年成立的小孩先生，往後還唱了很多知名日劇主題歌。

3《101 次求婚》——醜男竟然追到美女的傳奇腳本

這齣戲讓我認識武田鐵矢這位完全不帥的硬漢男演員，在往後日劇常常看到他精湛的演技。女主角大提琴家由淺野溫子主演，男主角的弟弟是帥氣的江口洋介。本劇有不少讓所有男人女人心碎、想要一看再看的名場面：男主角為了證明他對女主角的愛，忽然從人行道衝到馬路上高速駛來的大卡車前；還有最後他一無所有，女主角穿著婚紗在路上奔跑到他面前，攻守易位，女主角懇求男主角接受她。恰克與飛鳥（Chage & Aska）主唱的本劇主題曲〈Say Yes〉，真的是蕩氣迴腸。

4《跟我說愛我》——那幾年好多男生希望自己是豐川悅司

一九九五年豐川悅司和常盤貴子主演的《跟我說愛我》，主題曲是美夢成真（Dreams Come True，吉田美和擔任主唱的超紅三人樂團）唱的〈Love Love Love〉。歌曲一開場是段悠揚的汽笛聲，接著是中音域的鍵盤，然後吉田美和厚實的嗓音一出現，光聽前奏我的眼淚馬上就掉下來，事隔多年依然。本劇女主角只能用手語溝通，成為純愛劇的重要類型，豐川悅司主演的畫家男主角，是許多人心中的理想戀人。我認為常盤貴子的演技高峰就在這兒，看這部就夠了。

5《長假》— 最喜歡最熱愛最被打動的一部戲

當年看過《長假》，我就認為它是最愛。劇中最重要的對白之一，女主角小南這段話：「天空好藍，海好寬廣，瀨名人真好，能夠和你這種人在一起一定很幸福吧！」我認為木村拓哉因為演了《長假》才知道什麼是演戲，兩人在戲中根本就不是在演戲，而是在做朋友。他和女主角第一次接吻時並肩坐在堤防上，木村對山口智子說：「讓我們接吻吧。」女主角說：「好吧！」畫面出現閃耀的燈光，接著主題曲〈La La La Love Song〉流暢地演奏出來，那是九〇年代最經典的日劇畫面。

6《戀愛世代》— 深受《長假》啟發的致敬作品

《戀愛世代》是部徹徹底底被《長假》啟發的戲，由木村拓哉和松隆子主演（藤原紀香是女配角）。劇中松隆子有許多肢體演出明顯是以《長假》的山口智子為範本，兩部戲主題曲都是久保田利伸主唱。木村演一個在廣告公司工作的菜鳥，松隆子是他同事。松隆子跟別人演戲都相當平庸，但當她跟木村搭檔時特別閃亮，也許是木村具備激發跟他對戲女演員的才能（但他跟柴崎幸、竹內結子、綾瀨遙……就沒那麼明顯）。幾年後木村和松隆子的《Hero》最耀眼。

7《美麗人生》— 編劇家的散文對白超級動人

整個九〇年代好像都在看木村拓哉演戲，不只是這樣，很多喜歡的戲都是北川悅吏子擔任編劇，特別本劇裡很多對白根本是北川的個人散文長句。劇中木村的職業是髮型設計師，他騎機車上下班，女主角是個坐在輪椅上的女孩，常盤貴子主演。有一幕木村的演技讓我印象深刻，他坐下來用腳把距離自己二至三步、坐在輪椅上的女主角勾近自己。我和朋友討論過，如果木村只靠長相很帥是沒辦法演那麼多戲的，他對劇本裡生活細節的觀察很細膩，這是他的才能。

8《協奏曲》— 中年建築師和新秀晚輩同時愛上一個女子

本劇由木村拓哉和日本資深男演員田村正和共同主演，劇情架構在還沒實現才華的男人和功成名就男人間的戀人爭奪，女主角是美豔的宮澤理惠。木村遇到田村正和後展開建築師生涯，但是女友宮澤理惠愛上事業有成的老師，木村只能默默放棄。最後，宮澤理惠離開了田村正和，但也沒選擇木村。我非常佩服日劇願意花力氣處理喜歡建築的人如何一步一步實現自己的夢想，建築師如何在商業的世界追求自我實現……本戲讓人理解建築師的工作狀態和感情起伏。

9《29歲的 Christmas》— 懷念片頭黑白畫面男女主角走路模樣

山口智子《長假》之外的重要作品，探討兩個女性好友（女配角是松下由樹）和男性好友（柳葉敏郎）三十歲面臨婚姻和工作的掙扎。女主角在服裝公司上班，對流行服飾有熱情卻被公司調去餐廳工作，意外被一個企業二代（仲村徹主演）追求，從不以為然到最後在一起的過程。柳葉敏郎追求戀情不順遂，意外跟松下由樹擦槍走火。最讓人懷念片頭採用黑白影像呈現三個主要演員街頭走路的畫面，主題曲是瑪麗亞·凱莉（Mariah Carey）主唱的英文歌〈All I Want for Christmas Is You〉。

10《甜蜜季節》— 橫濱街景搭配桑田佳祐歌聲的大人戲劇

男主角椎名桔平在旅行社擔任中級主管，女主角松嶋菜菜子是他的下屬。本戲最動人的是他們在橫濱街頭吃喝散步的約會畫面，搭配桑田佳祐主唱的主題曲，呈現了橫濱特有的城市氛圍。日劇厲害之處在於深刻的布局和呼應時代，女主角會成為第三者跟他父親外遇有關，最後他爸公司受到不景氣裁員，全家人重新團聚。男主角經歷波折和前妻分手，最後結局出乎意外。

11《處女之路》—男配角比男女主角都搶眼的飆淚之作

這是我唯一喜歡反町隆史（松嶋菜菜子現實生活的老公）主演的戲。《麻辣教師GTO》他演得太無厘頭，《海灘男孩》裡的竹野內豐比他搶戲。反町隆史主演的角色看似不正經、但溫柔且深愛女主角，最終打動女主角的父親，願意把女兒託付給他。而這齣戲最最動人的名場面便是女主角和久井映見要走入禮堂，演女主角父親的武田鐵矢超感人的發言（武田鐵矢實在有夠會演），從女兒剛出生才多少公分大，一路長大經歷了多少小事大事，武田鐵矢真是太會演了。

12《冰的世界》—愛情懸疑日劇的代表作

竹野內豐和松嶋菜菜子主演的推理愛情劇，這是松嶋菜菜子大紅之前的一個很特別的角色演出，女主角每次戀愛準備結婚的對象總是意外身亡，男主角是保險公司理賠承辦員，覺得事情詭異深入調查，沒想到自己也投入情感。菜菜子在本劇的肢體運用和眼神表演，跟她在其他劇的光鮮亮麗路線完全不同；竹野內豐的演技一般，不壞但說不上好。編劇是野澤尚，他寫過《戀人啊》、《沉睡的森林》等懸疑日劇，參與《坂上之雲》部分腳本創作，二〇〇四年自殺辭世。

三十幾歲男孩學到的人生道理（2000-2010）

三十幾歲的我，心力全部投入雜誌編輯工作，下班看日劇是最大的心靈撫慰，他們對專業工作者的生活描述真是太強大了。看不同的日劇可以認識不同領域的工作者，觀察他們吃的穿的用的講話的方式眼神的路線，日劇教會我太多事。

13《大和拜金女》——松嶋菜菜子最閃亮的代表作

女主角是個相信美貌和穿名牌可以把到有錢男人的拜金女，日文片名是《大和撫子》，指的是具有日本傳統女性美德的女子。堤真一主演的男主角，去美國深造數學、沒有完成學業、落魄地回到日本幫父親賣魚；劇中的他把這個角色的笨拙和真誠演得淋漓盡致。參加朋友婚禮那段，居然能把數學家費曼的理論結合到婚禮賀詞，太精采了。女主角原本要嫁給有錢少爺，要求他爸爸演遠洋船長、在遊覽車站話別那段戲也是強大的哭點之一。日劇的強大就在名場面。

14《Hero》——男一女一外的配角們超級會演的好劇

《Hero》每次重播我每次看，每次重看我竟然都會發現新的笑點。我完全可以忽略木村和松隆子的主線，光看木村玩郵購道具的表情特寫就會笑出來。此外，這齣戲的配角實在是搶戲到一種驚人的境界，光看片頭他們一字排開的畫面，就覺得很有喜感。雖然這齣戲基本上是以木村為核心發展的戲，但是因為有那群很會演戲的配角們，才成就這齣戲的偉大。它的腳本很強，透過好笑的戲劇手法把檢察官的工作內容介紹給大眾。如果只能推薦三部日劇，這部一定入列。

15《Orange Days》——應該是北川悅吏子最成熟作品

柴崎幸和妻夫木聰主演，可說是十年前《跟我說愛我》的續集，都是北川悅吏子的劇本，女主角都比手語。講的是一群大學同學在校園最後階段即將出社會的生活，跟《愛情白皮書》類似，看這類戲會讓人想要把大學時代照片拿出來溫習。男主角跟女主角約在遊樂園但彼此錯過的那段非常賺人熱淚，最後一集主角們從典禮跑出來在校園慶祝畢業，串連到各自入社會工作回鄉遠行的畫面極為感人。主題曲〈Sign〉由小孩先生主唱，又是一個傑作。

16《沒有玫瑰的花店》——一大堆中年男愛上竹內結子

第一次看竹內結子演的《午餐女王》就超有感，後來看了和木村合作的《Pride》（冰上悍將），覺得木村應該愛上了她；再來是她和香取慎吾主演的《沒有玫瑰的花店》。《Pride》和本戲的編劇都是野島伸司。劇名的意思是這家花店不賣玫瑰，劇中講了一堆跟花語有關的典故，女主角涉入一個複雜的復仇計畫，溫柔的男主角是被復仇的對象。主題曲是山下達郎唱的〈永遠在一起〉，片頭畫面是男女主角在一整片白的雪地的演出，歌超好聽，男女主角都很入戲。

17《Change》——好看的政治選舉和國會運作戲劇

木村主演一個喜歡觀測天文的鄉下老師，生在政治世家，因為父親意外過世，被迫參選，第一集最後開票時，他以為自己一定失敗，結果意外勝選。木村臉上表情的轉換，非常細膩。一起主演的女主角深津繪里跟他有好幾場精采的對手戲，她有點用力的演法非常適合本劇的角色設定。不能忽略男配角阿部寬的戲份，讓本戲滋味豐富太多，他演活一個到處幫人助選的專職政治工作者的瀟灑。本戲的配樂堪稱一絕，跟劇情起伏超搭，是戲劇配樂的絕佳教材。

18《熟男不結婚》——男女主角說了一大堆中年單身名言

阿部寬應該是日劇裡最被低估的實力派演員，他在《Hero》裡扮演檢察官非常有喜感，而本劇中他的髮型、走路模樣和機歪眼神超有戲。男主角是個獨立接案的建築師，個性孤僻之外有許多自以為是的生活規則：一個人去吃燒肉，一個人在家聽交響樂，覺得婚姻會讓兩人的親戚關係更加複雜。夏川結衣擔任女主角，是專任醫師。原本是醫病關係的兩人，有了友誼互動。最後在醫院門口，男主角跟女主角說：「我要跟你玩傳接球而不是躲避球」，真是有意思的對白啊！

19《仁醫二》— 看時空穿越劇更了解日本現代史

其實我不喜歡看穿越劇，但是這部以幕府末期為故事背景的日劇，帶著一點科幻感，讓人不但感動而且長見識。大澤隆夫和中谷美紀在二〇〇〇年的日本是情侶，男主角穿越時空在一百五十年前的江戶認識了綾瀨遙，用他的現代醫術介入了當時的日本。日劇常以幕末為歷史背景，也就是探討日本如何經過明治維新成為現代化國家，內野聖陽主演的龍馬，造型非常傳神。主題曲是唱《大和拜金女》大紅的女歌手米希亞的另一力作，看著暗戀醫生的綾瀨遙終身未嫁，不心碎很難。

20《Mother》— 老中青幼女星的演技大爆發

本劇台灣翻成《兩個媽媽》，松雪泰子主演誘拐國小女學生的老師，偽裝成她的媽媽。它看似在講一個小孩和誘拐犯的故事，其實是描述現代人跟社會的制約關係。不同世代三位演技精湛的女演員，演阿嬤的田中裕子、演小孩的蘆田愛菜和松雪泰子，還有女主角的養母，這些厲害女演員大飆戲，讓我這個對親子關係戲劇向來冷感的日劇迷哭得亂七八糟。如果想反省親子教養的人生課題，不害怕從心底深刻地大哭，光看每一集前面的片頭就開始淚流。

21《白色巨塔》——唐澤壽明和江口洋介的熟男演技代表作

本劇改編自知名小說家山崎豐子的原著，由井上由美子擔任編劇，第一部前十集主打財前五郎的教授選舉追逐之路，第二部主打醫療訴訟官司。唐澤壽明主演的財前是認真追求名利的外科醫師，江口洋介主演熱愛研究的內科醫師，此外有好多位更資深年長的男演員扮演醫界長官，看他們的眼神表演和說話腔調，真是嘆為觀止的精采。本劇的女主角是黑木曈，飾演財前醫生的情婦知己。醫療主題的日劇不少，本劇應該是最深刻寫實和入世的極致之作。

22《不毛地帶》——二戰後日本軍人轉進商社奮鬥的故事

山崎豐子的原著小說，唐澤壽明主演。探討二戰後在西伯利亞冰天雪地環境勞改十多年的日本軍官，回到祖國後加入民營企業，運用軍隊所學和逆境淬鍊的意志，在商場上為日本盡力。早期唐澤壽明在《東京仙侶奇緣》演個傻帥哥，十多年後他有能力演《白色巨塔》充滿權力慾的外科醫師，在本劇則飾演歷盡滄桑的日軍參謀和商社要角，日劇的題材多元使得演員有挑戰演技的機會，看戲的人有新題材可看。劇中愛情戲不多，但誰在乎啊？它讓人看到有料的歷史故事。

23《坂上之雲》— 透過兄弟從軍理解日本現代化的動人故事

劇名指的是順著山坡往上爬升的雲，原來是知名歷史作家司馬遼太郎的作品。這齣歷史劇探討的是二十世紀初期的日俄戰爭，以及日本怎麼從一個很小的國家慢慢往上爬的過程。二〇〇九年底在ＮＨＫ播出十三集，演員包括阿部寬、本木雅弘、松隆子和菅野美穗。編劇是野澤尚，他編到一半自殺了。本戲從阿部寬和本木雅弘這對兄弟從軍展開敘事，哥哥

去歐洲學騎兵，弟弟選擇海軍，日俄戰爭期間兩兄弟都參戰。觀賞本片建議搭配《龍馬》和《仁醫》，有助對日本現代化的掌握。

24《龍馬傳》──福山雅治的演技讓我開始愛上大河劇

其實我對大河劇無感（幾年前的《篤姬》開始覺得有點趣味），直到二〇一〇年看了福山雅治演的《龍馬傳》，主角平易近人的敘事觀點讓歷史增加可看性，每個人物有獨特個性，裡面好多段落的說話技巧，都可以應用在現在的商業對話。它的片頭曲超級煽情，非常能鼓動人的情緒，先緩緩鋪陳，中間很激昂，然後有一段很掙扎，最後是幸福感。它精準地計算市場情緒，透過音樂和畫面打動人。負責音樂創作是佐藤直紀，演奏的是NHK交響樂團。

我們生存的這個世界是如此地讓人感到絕望，但幸好有日劇，讓我感到無比的溫暖。我真的認為我們這一代的戀愛觀和人生觀，深深受到這幾十年日劇的影響，感謝這些日劇讓少年的我成為現在的我。

四十幾歲大叔深深感謝日劇（2010-2015）

25《倒數第二次戀愛》——希望像中井貴一那樣跟小泉今日子吐嘈聊天

這是部討論五十歲大叔和四十好幾熟女不斷聊天吐嘈的談話劇。男主角中井貴一是個在鎌倉旅遊科工作的科長，女主角小泉今日子是個在東京工作的四十五歲電視劇製作人。女主角搬到鎌倉定居，鄰居是男主角一家人（妻子過世、有個青春期女兒、單身弟弟和每天回家湊熱鬧的已婚妹妹），兩人常常見面但一直沒有交往。這是中年重新單身的我最喜愛的一部日劇了，這樣的喜歡應該是二十幾或三十幾歲的我很難想像的，很高興自己四十幾歲還能遇到這麼喜愛的日劇。

26《續・倒數第二次戀愛》——超級推薦中年人看的正面能量愛情劇

《倒數第二次戀愛》二〇一二年第一季在日本播出，二〇一四年四月推出續集，原班人馬繼續演出，男主角和女主角各自在工作上持續發展，續篇第一集場景拉到歐洲拍攝，主軸一樣是兩人吃喝吐嘈。感謝岡田惠和這位編劇家在《倒數》系列寫出太多精采的對白，他早年的《海灘男孩》和《西洋古董洋果子店》也是經典。如果你已經是大人了，對於感情對於伴侶有中年的想像，《倒數》系列這兩部劇會提供你正面能量，保證笑中帶淚，絕對真情流露。

27《最高的離婚》——沒有離過婚的人看應該也覺得好看

本劇時空背景建立在日本三一一地震後，當晚因為交通停擺大家只能走路回家，原本不熟的男女主角巧遇，就此在一起。男主角由瑛太主演，是個個性龜毛的自動販賣機業務員，女主角是尾野真千子主演的大剌剌女生；瑛太前女友是真木陽子，他的男友綾野剛主演的大學美術老師一直劈腿。本劇最大的重點是這段話：「離婚不是婚姻最糟的結果。沒有任何愛、沒有任何期望，卻硬要在一起，那才最不幸。」離過婚的人應該很能懂吧。尾野真千子寫分手信那段超級感人。

28《軍師官兵衛》——透過天才軍師的眼睛認識日本近代史

本劇是ＮＨＫ二〇一四年播出的大河劇。岡田准一主演的黑田官兵衛是戰國時代天才軍師，他的一生追隨豐臣秀吉（竹中直人飾演），本劇從織田信長（江口洋介飾演）獨霸一方演到豐臣秀吉一統天下，岡田從年輕演到老，特別是他奇蹟復活之後，他的演技讓人刮目相看。看了本劇讓我認識了本能寺之變、關原之戰和中國大返還……等日本近代史重要事件，從軍師的角色去看執政者的布局、理解軍事政治局勢，此外，本劇對於我參加關西建築旅行也提供了背景知識上的幫助。

29《逆轉之戰》——鼓勵中年男子就算落後很多也不要放棄

本劇原名「羅斯福遊戲」，和《半澤直樹》都是改編自池井戶潤的商戰小說，劇名典故來自二戰時期美國總統羅斯福：他認為最精彩的棒球賽比數是八比七，一路領先不一定贏，逆轉勝的比賽才過癮。這是面臨倒閉的公司努力奮鬥，直到最後關頭都不放棄撲接飛球的男人們波折起伏的故事。劇情架構在年營業額五百億日幣、一千五百位員工的青島製造所，靠技術搶下數位相機大廠的訂單。唐澤壽明演社長眼神超有戲，江口洋介演常務表情很生動，其他配角一群中年人都用臉部特寫展現演技。

30《下町火箭》——有在做事業的男人看了保證痛哭

一個風雨飄搖的小工廠，專注研究火箭零組件，以自身技術和榮譽感和大企業競爭，將夢想投射在宇宙的奮鬥故事。二〇一五年秋季在日本播出後，朋友們強推立刻上網追劇，這齣戲最適合曾在大公司待過、現在自行創業的中年男性看。第一集最後阿部寬主演的社長準備跟夥伴辭職那段每看必哭：會計部長說一起想辦法堅持到最後吧，我喜歡這家公司，我到銀行工作是為了幫助有實力有技術卻不被賞識的企業，社長你是被夢想眷顧的人，拜託你了，請不要放棄。

Best 30之外，大叔老黃還是很愛的幾部戲……

已經挑了三十部，覺得還是有一大堆沒寫進來：竟然沒選《西洋古董洋果子店》，整部戲就是小孩先生暢銷歌曲的大MV；怎麼可能我沒選木村拓哉和竹內結子主演的《Pride》（冰上悍將），知名編劇野島伸司的代表作；太扯了怎麼沒有菅野美穗主演的《工作一姐》，以及這位認真女演員其他的好戲；我會被罵啦怎麼沒選《Anego》（熟女真命苦）的筱原涼子，她演《派遣女王》之類的能幹工作者，還有冷酷的女刑警，她在《Unfair》（非關正義）裡演女刑警，素顏入鏡不說，還局部全裸……好看日劇太多，大家趕快追劇。

偏見10
大叔覺得喝威士忌
聽沙啞歌聲的搖滾樂超搭

大叔有點講究，不同場所不同狀況不同食物要喝不同的酒：在台灣去熱炒店喝台啤，去國旅行吃飯喝好多紅白酒，那什麼時候喝威士忌呢？配菜還是單喝呢？威士忌的選擇真是個學問。大叔們從二十歲一路喝到現在四十好幾，現在還會喝的只有兩路：首選是艾雷島幾個酒廠的單一麥芽款，還有日本的余市、白州、山崎……真的非常好（原因後詳）。

關於威士忌的介紹，如果聽過我現場演講的朋友應該很熟悉我的把戲，編輯成癮的我最喜歡用外國雜誌的精采版面來拆解新奇知識敘說故事，二〇一〇年十月十五日出刊的日本《Pen》雜誌是講解威士忌的最佳教材：重點是人們在生活上享受喝威士忌這件事，而不是比酒的高貴血統和品牌珍希。

我個人覺得艾雷島威士忌的好在於愛恨分明，它的土壤它的水質它的海風就是這麼地刁鑽，它聞起來很嗆，一開始喝不容易入口，它挑戰習慣調和威士忌的一般人口味。可是人生苦短啊，我覺得要喝就喝有個性的混帳吧！

至於愛上日本款威士忌單一麥芽款，是年過四十以後的事。日本大眾口味的調和威士忌太討喜，年輕時應酬隨便就乾掉至少一瓶，但是無感，為了拚酒而喝。近年開始喝貴一點單瓶千元台幣的款式，要命地好喝：白州搭台式海鮮，山崎搭甜點或重口味台菜，余市配什麼都好但是引物酒廠停產現在很難買到。

以下這些歌，都是我和酒友們在許多食物和酒精現場實測後的菁華歌單，套一句八〇年代很紅的羅大佑專輯裡的一句話——這裡沒有不痛不癢的歌。我們的補充則是：以下這些名曲統統都是讓人聽了只想繼續再多喝好幾杯的歌啊……

西洋歌曲八首

從艾雷島的威士忌開始吧，這些搖滾樂很搭，別以為只是在聽歌，他們唱的是他們的人生啊……

1 無人能比的沙啞嗓音

〈Every Picture Tells a Story〉by Rod Stewart

喝艾雷島單一麥芽威士忌，要能在酒質醇厚和氣味嗆辣上對應的歌聲，誰能比具備蘇格蘭血統、一九四五年在倫敦出生的洛·史都華（Rod Stewart）更適合呢？他在一九七一年推出的個人專輯《Every Picture Tells a Story》，火雞頭髮型和緊身閃亮衣著吸引了一堆少女。他的嗓音厚重，節奏感強勁，配威士忌很適合。

2 超級深情的鋼琴彈奏和男人的吟唱

〈Tom Traubert's Blues (Waltzing Matilda)〉by Rod Stewart

一九九〇年初期MTV和搖滾歌手合作「不插電現場演出」（MTV Unplugged），洛．史都華這場堪稱經典。他把自己過去二十多年的名曲唱到讓人如癡如醉的境界，包括〈Tonight's the Night〉、〈The First Cut Is The Deepest〉……等。他還翻唱了湯姆．威茲（Tom Waits）的〈Tom Traubert's Blues〉，這是唐澤壽明主演的日劇《不毛地帶》的主題曲。

3　男人的劇配男人的歌喝男人的酒

〈Tom Traubert's Blues (Waltzing Matilda)〉by Tom Waits

一九七三年發行第一張專輯《Closing Time》的湯姆．威茲是我文青時期的超級偶像，一九九〇年前後念大學的我透過盜版錄音帶認識了他。他的嗓音聽來像老頭般歷經菸酒折磨，他的專輯多半前衛難懂，有些則抒情動人，完全征服青春爆裂時期的我。多年後在日劇《不毛地帶》片尾聽到，每看必定淚流，每聽一定心酸。

4 常常抒情通俗，偶爾內容複雜

《外苑西通》（Killer Street）by 南方之星（Southern All Stars）

桑田佳祐這位日本男歌手同時也是「南方之星」樂團的主場，從一九七八年成團至今將近四十年。每逢三十週年或三十五週年都會在日本舉辦大型演唱會，場面驚人。桑田佳祐的情歌是許多日劇的主題曲，為了搭配大叔愛喝的威士忌複雜取向，我挑的是二〇〇五年的《外苑西通》雙CD專輯，這張專輯許多靈感來自披頭四的《Abbey Road》，從封面就能看出來。旋律走向適合喝酒聆聽。

5 崎嶇的青春，不堪的情感和人生磨難

〈Jersey Girl〉by Bruce Springsteen

大叔愛聽的歌，通常有點複雜和曲折。我們走過崎嶇的青春，有過太多

不堪的情感和人生磨難。布魯斯．史普林斯汀（Bruce Springsteen）這套《Live 1975-85》是經典中的經典。一九八七年盛夏我在台北公館的宇宙城唱片行買了一套三捲的錄音帶，從此終生愛上。這首歌原唱者是上面介紹過的湯姆．威茲，這歌是一九九七年我寫《Shopping Young》這本散文集時最愛的歌。更多考究去二手書店買原著來看。

6 他只要輕輕說話就迷死現場所有人

《Live in London》by Leonard Cohen

你一定得認識李歐納．柯恩（Leonard Cohen）這個老傢伙，尤其當你喝了一大堆威士忌之後。這位一九三四年在加拿大魁北克出生的創作歌手、詩人和藝術家，從一九六〇年代末期就活躍於搖滾圈，發表許多知名作品。二〇〇五年他七十歲後，因為經紀人盜用他帳戶存款，從二〇〇八年起展開久違十五年的巡迴演出。我們可能得感謝命運的捉弄，因為他晚年缺錢，讓我們看到聽到這麼精采的演出。喝到有點醉聽他的歌，很讚。

7 她的才華在歷史星空閃耀著

〈Big Yellow Taxi〉 by Joni Mitchell（出自**《Ladies of the Canyon》**）

和好友邊喝威士忌邊聽歌，過癮極了。連續六首男生的歌之後，我覺得接著要聽女生唱。但是這絕對是難上加難的考驗，歌聲要夠穩，氣勢要更強，地位要夠高，能夠上場的沒幾個，我立刻想到瓊妮．蜜雪兒阿姨（Joni Mitchell）。一九六八年發行第一張專輯的她，經典專輯無數，即使到了二〇〇〇年之後仍有厲害的新作。如果你過去不認識她，那你根本不知道什麼叫才女，快去找瓊妮阿姨的歌來聽。

8 她能駕馭這些歌，完全可以

《Twelve》 by Patti Smith

這幾年台灣朋友透過《只是孩子》和《時光列車》散文書的出版，認識了佩蒂．史密斯（Patti Smith）這位龐克教母傳奇的人生故事。她在一九七〇年代推出的專輯太厲害強大了。我覺得適合喝威士忌聆聽的是她在二〇〇七年推出的這張專輯《Twelve》，翻唱了過去幾十年她喜愛的十二首搖滾名曲。時間有限的話，光聽滾石的〈Gimme Shelter〉和超脫（Nirvana）的〈Smells Like Teen Spirit〉這兩首就夠，原本喝得半醉的靈魂絕對被嚇醒。

華語歌曲六首

好的威士忌耐喝，從舌尖到食道到靈魂深處，音樂也是這樣，讓我們從青春期的旋律開始吧……

1 開頭的乾咳成為經典的開場
〈愛的箴言〉by 羅大佑

大叔知道在此刻的台灣要稱讚羅大佑的歌有多好聽，必須很費力很費力地殺出重圍，但為了這首歌絕對值得。讓我們回到一九八二年，羅大佑的第二張專輯《未來的主人翁》，一定要專心地從前奏之前的幾秒鐘開始聽起，羅大佑乾咳了幾聲然後開始彈琴，接著開始唱歌，這應該是一九八〇年代最打動人心的情歌開場。跟人生難得的酒友們分享，你們懂得的。

2 描述場景的歌詞寫作第一名

〈穿過你的黑髮的我的手〉by 羅大佑

很多人喜歡這歌應該是聽張學友的版本，但對於一九八〇年代後期就開始佩服羅大佑創作的我們來說，一定對一九八四年中華體育館現場錄音版有特別的情感。整個八〇年代華語歌詞的寫作，一定要好好看羅大佑和李宗盛的逐字雕刻，我們這一代的大叔大嬸們完全被他們說服了。我常跟現在年輕人說，他們當年有多好，他們不但打敗當時紅翻的爛歌，還紅到現在，他們的勇敢開創了我們的現在。

3　這首台語歌選擇用搖滾樂來編

〈港都夜雨〉**by** 齊秦

威士忌喝到這個程度，差不多都相當地茫。喝酒真的要和好朋友喝才不浪費，只是這些酒友怎麼這麼會喝啊，幸好可以搭酒的歌還夠。九〇年代中期華語歌壇大量出現台語歌，這跟整體政治環境有關（李登輝擔任總統、陳水扁選上台北市長），我覺得若要搭配威士忌，那個時候的林強太青春，剛出道的伍佰太衝，齊秦高亢乾淨的嗓音翻唱台語老歌搭配搖滾樂編曲，非常酷。

4 喝到快茫時聽侯導唱台語歌

〈無聲的所在〉by 侯孝賢＋林強

喝到一定程度，適合聽些藍調路線的電吉他，從前的華語歌編曲很講究，感謝一九九〇年代前後台灣新電影創作者做出這麼多讓人懷念的影像和音樂。來聽《少年吔，安啦！》的電影主題曲之一，侯孝賢和林強主唱，侯導很會唱歌，真的很會唱。《少年吔，安啦！》電影原聲帶非常厲害，包括當時還沒紅的吳俊霖，還有不想跟主流玩下去的林強。喝到快醉還想得出放這首歌，絕對就是真愛。

5 嘻皮笑臉面對人生的難

〈山丘〉by 李宗盛

已經有一兩位酒友快要昏倒了，該準備放壓軸曲了。必須坦白地說，真的非常佩服李宗盛大哥，三十歲以前創作出厲害的作品，已經很不容易；五十歲以後還能繼續產出超乎人想像的好貨，真的只能跪在地上拜。年過四十還沒能那麼體會李宗盛近期的歌，等到自己也要接近五十歲，突然都懂了。嘻皮笑臉面對人生的難到底有多難，你自己試試就知道。

6 回到最初的青春，渴望純情的再生

〈春望〉by 張艾嘉

最後，結尾的那首歌總是最難。我想起小時候還沒聽懂羅大佑唱〈愛的箴言〉之前，我曾經聽過張艾嘉在她的《童年》專輯唱的一首歌〈春望〉，配唱合音的部分有當年尚未大紅的大佑，最後的編曲有前期華語歌的浪漫。歌詞寫作完全是當年台視《秋水長天》電視劇的純情：無所事事地面

對著窗外／寒風吹走了我們的記憶　／冬天已去冬天已去／春天在遙遠裡向我們招手　／依然是清晨裡微弱的陽光／依然是冰雪裡永恆的希望……

後記

對年輕的朋友來說，以上這些歌都是上了年紀的老歌，這就是「年分」的意思啊！真的要喝懂威士忌，年分真的有差。財力平庸的大叔通常買十年款，偶爾遇到口袋夠深的朋友請客贊助，一支二十五年的好酒倒入杯子聞了好久都不捨得喝。講究年分的酒就是要搭這些經過時間淘選的音樂啦，厲害的酒和厲害的音樂，時間挺重要的。

對我這樣的大叔和酒友們來說，這些歌都是陪伴自己經歷過去三十年的青春，在人生的中段，透過美妙的威士忌而不是單純的懷舊，找到和這些蕩氣迴腸的音樂與此刻生命重新連接的激情，真是太峰迴路轉了。

這整件事的起頭是幾年前的夏天，我們一群酒友們去台東都蘭山上度假，某個夜晚我們吃飽喝足暢飲威士忌，聽了一大堆各自喜歡的配酒音樂。後來在台北蘑菇的音樂小巴，以此為題做了一場酒精嚴重過量的音樂分享。根據酒友會會長張創辦人事後的回憶，他在音樂小巴現場聽得過分投入，站起來跟著唱，最後完全不知道自己是怎麼回到家的……

感謝那幾年酒友會的大家，真情流露，佳句超多，酒沒白喝，音樂太讚。一定還要繼續舉辦這樣的活動啊！

偏見11

大叔喜歡邊喝高粱
邊聽女歌手現場版錄音

大叔喜歡聽女孩們唱歌，在不同的人生階段都有幾個愛上就一輩子難忘的女歌手。特別是喝酒之後，酒精進入體內，心情尤其脆弱，感官特別敏銳，那些青春時期聽了又聽的音樂，和好友們扯屁的空檔，突然真情流露了起來。

厲害的女歌手在現場演唱時實力高下力判，例如江蕙的演唱會，看過之後才知道有人這麼會唱歌。如果你想了解李宗盛寫給那麼多女歌手歌曲的終極版本，一定要看林憶蓮如何舉重若輕地翻唱陳淑樺、辛曉琪和張艾嘉的歌。此外，千萬別錯過梁靜茹，她是年輕一輩和經典那代的重要橋梁。因為這些女歌手的現場演唱，我們看到了時代，看到了社會，看到了真情。

對了，聽這些女歌手唱歌時，我們這些大叔正在喝高粱，說到台灣出產的高粱酒（精確的地理稱呼應該是台澎金馬），極有可能是全世界最被低估的好喝烈酒。這不是唬爛或幫這些酒商促銷，如果你知道艾雷島的單一麥芽威士忌的價格和客層設定，或者去看看法國干邑白蘭地如何在包裝行銷上推陳出新，偏門一點的應該知道中歐地區義大利盛產的Grappa（葡萄蒸餾烈酒）是去南歐旅行餐後必點的酒精飲料，相較之下不管是金門高粱還是東引高粱或玉山陳高……真的都太便宜了啦。大叔二十年前當過廣告公司文案，做過汽車銀行百貨公司等客戶，如果現在有機會，最想幫台灣這些好酒促銷。

在台灣多數人喝高粱以金門高粱為主（建議要喝就喝58度，大叔不喜歡38度這種裝搖滾的流行團），麻煩的是金高的酒種太多，一般款是最常見的白標，本格派不怕嗆辣的喝這個過癮（曾經相當長的時間它是我最常喝的一款）。紅標是當地款，價格貴一至二成，好喝順口很多，通常只要喝過紅標，很難回頭。至於超商會賣的黃標，比白標更平價些，手頭缺現金就喝這個吧。金酒的節慶版和特別款很有搞頭，三節（春節和端午和中秋）會推出酒精濃度稍低的大瓶裝（50度），口感溫潤，非常適合聚餐配菜，因為酒精度數稍低，常常喝著喝著就過量了，請千萬留意。

至於馬祖高粱，是某些人的最愛，它的口味清爽，跟金高相比雅緻，不過喜歡醇厚的重度喝酒者可能覺得不過癮；玉山高粱曾經是我和幾個酒友的最愛，它有個特別的氣味，純度濃，易入口。

喝高粱要聽什麼樣的音樂呢？這種刁鑽的人生問題只有酒友會的好友才會出題來考驗啦。讓我們從二姐的初登板演唱會開始，這些歌保證讓你的酒量變好，不捨得喝醉。以下的歌都是現場版，喝烈酒怕孤單，想像跟成千上萬的歌迷在一起，享受人生……

現場版歌單十五首

1 二姐真的很會唱，這真的是廢話

〈惜別的海岸〉by 江蕙初登板

如果你錯過了江蕙告別歌壇的演唱會，別懊惱，很多人都沒看到。江蕙的演唱會神話是從二〇〇八年的「初登板」開始，在此之前要看江蕙的現場都是看老三台的綜藝節目（九〇年代中期江蕙在《龍兄虎弟》有太多精采橋段和即興演唱），這場「初登板」被喻為江蕙現場實力完全展現的一場，之前的她擔心身體無法負荷拒絕辦演唱會，真的要開就是把幾十年的功力全部展現。老歌迷如我看DVD，看到她唱〈惜別的海岸〉時舞台出現二十幾年前的MV，二姐歌聲嘹亮清澈如昔，眼淚立刻崩盤。

2 九〇年代難忘的台語搖滾情歌
〈愛情限時批〉by 萬芳＋伍佰

和一群大叔喝酒，挑歌要有驚喜，光是好聽不夠，要有時代意義和青春期的無限回憶。如果二姐的〈惜別的海岸〉是台灣隊的開路先鋒第一棒，能承接其後的歌非常難選，幸好有這首〈愛情限時批〉，這歌收錄在一九九五年伍佰的 Live 專輯《枉費青春》，是伍佰跟台灣主流市場接地氣的開始（之前在水晶和波麗佳音發的專輯超酷但市場不太理）。這張專輯是在當時台北一家介於 Live House 和酒吧之間、叫 Live-A-Go-Go 的場地做的現場錄音，台上穿著紅色連身裙的萬芳隨著強勁的節奏舞動，和台客氣味十足的伍佰對唱出九〇年代最讓人難忘的台語搖滾情歌。

3 年輕人完全忽略的台語女唱將〈愛情的酒攏袂退〉by 黃乙玲

喝高粱時要聽的歌，一定要是那些很會唱很會唱的人唱的歌（這世界存在相當多唱得普通但其實平常聽也沒什麼問題的音樂），好的歌聲起伏流暢傳遞情感牽動心思，特別是我喜愛的這些台語女歌手，例如黃乙玲。好幾次酒後我跟酒友會好友幹譙，我覺得現在四十歲以下的年輕人完全沒搞懂黃乙玲在台語歌壇的偉大地位（大叔朋友好心勸就是因為他們年輕嘛），當年她和江蕙都是喊水結凍的唱將啊。點這首給酒友聽，一九九七年她在台中省立體育場舉辦的人山人海演唱會唱的〈愛情的酒攏袂退〉，失戀單身的人聽了保證淚如雨下。

4 王菲最華麗魔幻的演唱現場
《Faye Wong Live in Concert 1994-1995》

想點王菲的歌給酒友會的一位大前輩，我跟他相識於九〇年代的台灣廣告公司，他當年開了很有名的設計工作室，我跟著他做過唱片專輯和房地產，將近二十年後我們透過共同的朋友在酒友會重逢。當年跟著他用視覺的角度發展創意，讓我想到王菲這張造型妝髮和舞台效果超級魔幻的一場演唱會。王菲在一九九四年十二月二十二日到一九九五年一月八日，在香港紅磡體育館連續開了十八個晚上的演唱會，當年的她跟現在完全是兩個樣；當時的她在穿著打扮和舞台演出大膽前衛搞怪，非常酷。

我當然沒看現場，只買了進口版雙ＣＤ。

5 她知道寫歌的人想傳達什麼

〈領悟〉by 林憶蓮

如果要票選酒友會大叔們最喜歡的女歌手，林憶蓮保證是前三名。如果用棒球選手來比喻，她是那種沒有死角的打擊者，什麼樣的球她都可以打出去。很多不是她原唱的歌，只要被她在演唱會現場唱過，她就是有本領讓人記得她是怎麼唱的。我想具備這樣能力的打擊者，絕對不是只有演唱技巧過人，而是心智能力超越常人。她能把歌唱得這麼出色，我覺得是她讀得懂寫詞寫曲的創作者想說明傳遞的情感。一九九六年她在台灣推出《Love Sandy》專輯，在颱風天辦了場演唱會，她唱了好幾首李宗盛寫給其他女生的歌，要命地好聽，非常要命。

6 這是向陳淑樺致敬的感人時刻

〈夢醒時分〉**by** 梁靜茹

二〇〇六年李宗盛舉辦了《理性與感性作品演唱會》，隔年發行DVD。今晚我們喝高粱要聽的不是老李唱的歌，而是老李幫一個很重要很重要女歌手寫的歌，由老李在滾石唱片擔任製作人最後階段訓練出來的愛徒梁靜茹所唱的〈夢醒時分〉。這歌來自一九八九年李宗盛幫陳淑樺製作的超級暢銷專輯。梁靜茹可說是最能詮釋老李寫給那些女子歌曲的現役歌手，在本場演唱會〈夢醒時分〉後段，舞台上出現老李手寫給淑樺的口語文字，將近兩分鐘，非常感人，一定要耐心地看，一定會流淚，把這杯高粱喝光吧。淑樺姐，我們很想你。

7 酒友會好友們難得有認知差距
〈愛情有什麼道理〉by 莫文蔚

酒友會大叔們的年紀分布很有趣，以五年級後半為核心，人數最多的是六年級上半。這個年齡差距在喝酒吃肉領域完全沒有代溝，但是在某些流行音樂上卻有立場差別。例如〈愛情有什麼道理〉這首歌，像我這樣的大叔最喜愛的版本是一九八五年李宗盛幫張艾嘉製作的《忙與盲》專輯的原始錄音，前面兩分半都是環境聲音，在當年這是非常實驗的做法。不過人要服老，年輕人喜歡的常常跟老頭不同，年輕酒友們欣賞的是莫文蔚在二〇〇〇年後期某次演唱會穿著白色長襯衫、露出修長美腿唱的版本，嗯，很厲害的。誰的杯子沒有高粱了，倒酒！

8 那時的綺貞還不是女神

〈讓我想一想〉by 陳綺貞

大叔身邊有好幾個綺貞鐵粉，著迷死忠的程度令人髮指完全無法勸導，例如辦公室的小房間四面貼滿綺貞的同一張海報傳單，遇到再緊急的事一律以「讓我想一想」當藉口，遲遲不交女友的說詞是「還是會寂寞」。雖然本人相當不認同這樣的行徑，但是朋友喜歡的妹就是自己人，畢竟我也著迷過她（迷了多久為何不繼續有空再說），特別為好友點播這首當時還在邁向女神路上的創作歌手跟著魔岩唱片一票歌手二〇〇〇年九月二十九日在香港的現場表演，當時的她先唱了黃韻玲的歌，然後用很搖滾的方式用力刷吉他唱了〈讓我想一想〉。

9 每個大叔的青春期都有不滅的偶像

〈追得過一切〉by 蘇慧倫

酒友會大叔們什麼路線都有，有人愛畫畫有人愛做菜有人愛彈三線琴，還有一位大叔喜歡開他的日系轎跑車或德國重機隨興南北當天來回。後來我們才知道他青春期最愛的一位偶像歌手是蘇慧倫，從她的第一張專輯《愛上飛鳥的女孩》就迷戀至今。這種事沒得討論，有人就是愛綺貞，有人覺得莫文蔚超級正，有人過了二十幾年始終覺得慧倫才是他的真愛。這位大叔最喜歡慧倫當年唱的〈追得過一切〉，幾年前台北華山的 Legacy 特地邀請慧倫辦了一場 Live，貼心網友拍下她唱〈追得過一切〉，點來送給這位大叔。

10 電影《無間道》真會選歌

〈被遺忘的時光〉by 蔡琴

高粱這個酒底強，慢慢喝可以充分感受到它的勁道，喝到這個程度，該來些狠角色的歌。配高粱的歌，當然不能沒有蔡琴，她的嗓音不只是低沉，而且是內功非常高強的那種深不可測。該是從民歌時期選歌，還是從後來她加入波麗佳音或飛碟唱片時期選呢？蔡琴的好歌太多了，超難選。想了想，香港黑幫電影《無間道》真會挑歌，片中那段劉德華去音響店和梁朝偉挑音響選喇叭搭配線材那段，經典對白「高音甜中音準低音勁，一句話就是通透」。然後〈被遺忘的時光〉一開頭的蔡琴清唱，你怎能不多喝幾杯高粱呢……

11 她是比利．哈樂黛等級的傳奇
〈我是一片雲〉by 鳳飛飛

說來慚愧，像我這樣一個大叔竟然要到將近四十歲，才知道原來我們也有美國爵士樂傳奇女歌手比莉．哈樂黛（Billie Holiday）這種等級的大腕，從此真正喜歡上鳳飛飛。一九八〇年代的鳳飛飛是個主流歌手，是跟一群男諧星主持綜藝節目的主持人，少年文青如我，不應該也不願意承認自己喜歡這樣的女歌手。二〇〇三年鳳飛飛舉辦三十五週年演唱會，我當然也沒去現場看，後來看了DVD（一定要注意看歌曲和歌曲之間她超級感人的口白），覺得自己過去三十多年徹底錯過。鳳姐在現場把一些我們以為很俗氣的瓊瑤電影主題曲用爵士即興的唱法演出，如癡如醉。

12 她能唱會唱而且投入感情在唱

〈海闊天空〉by 林憶蓮

喝到這個地步，不能再停留在兒女情長的情歌了，要來些和時代變遷和社會動盪呼應的歌。如果說江蕙是台語歌現場第一把，廣東歌唱得非常好的林憶蓮前幾年翻唱了知名香港樂團Beyond的代表作〈海闊天空〉，就從這首歌開始吧。身為林憶蓮的歌迷，我覺得是非常幸福的事，她是那種會吸引厲害的演奏者和幕後工作者的魅力型演唱者，她的現場表演總是有一流的樂手和厲害的製作團隊在幕後投入，當然她本人就是那種在重大場面關鍵時刻能展現才華的大賽型選手，她應該還會紅很久很久。

13 在自由的地方唱出島嶼的天光
〈島嶼天光〉by 何韻詩

這幾年香港人喜歡來台灣，喜歡我們的小店，喜歡我們的風景，喜歡我們的音樂，喜歡我們的自由，喜歡我們的勇氣。每年三月在高雄駁二的大港開唱，這幾年愈辦愈生猛，愈來愈強大。今年三月邀請香港女歌手何韻詩，她唱了一首應該百分之九十的台灣年輕人都會唱的〈島嶼天光〉。按照何韻詩的說法，為了唱這首台語歌她花了很長的時間跟原唱「滅火器」主唱楊大正聊天扯屁。她的學習能力超強，聽她唱你根本不覺得是由母語是廣東話的歌手所唱。一般來說聽這歌會配台啤，但其實高粱更夠力的啦。

14 台灣需要她的堅毅豪邁和熱情奔走

〈美麗島〉by 巴奈

二〇一六年五二〇總統就職典禮當天，認真地看直播，演唱這一塊先是巴奈上場，再來是生祥樂隊，最後是滅火器。如果你過去十幾二十年有在台灣各地參與抗議活動，絕對不意外這樣的陣容，他們真的是從地方唱到中央啊。大叔的一些好友們二十幾年前進入社會工作後忙著賺錢成為社會菁英，錯過太多這段期間在台灣各地抗議現場發生的動人音樂。巴奈唱自己的歌讓人心酸，唱公共的歌完全有她自己的味道，我推薦她在反服貿現場自彈自唱美麗島的版本，她的堅毅豪邁和熱情奔走是台灣的無價之寶。

15 笑中帶淚，喝掛去睡，生活繼續

〈輕快的生活〉＋〈休息〉by 以莉・高露

最後該點什麼歌呢，該回憶的青春戀情、該複習的經典情歌和大叔們的堅固柔情大概都照顧到了，日子還是要過，該喝的酒、該爬的山、該換的車、該認識的妹、該展開的旅行都要繼續。想來想去，這幾年開車環島到了東部一定要聽的以莉・高露應該是解藥。我曾經在台北信義計畫區的室內場地看過她的現場，真是太委屈她了，我覺得她適合在東海岸辦一場大家隨意坐臥的演唱會，或者在高山的原住民小學操場開唱，那將是島嶼最美麗動人的畫面。喝高粱配這些女生的歌，和酒友們一起品嘗，這就是人生該有的滋味吧。

偏見12
大叔通常有前妻

不少中年大叔都有前妻，有前妻代表離過婚，過去人們認為這是件盡量別提的不光采事蹟，但是時代不同了，重點是曾經走進婚姻，緣盡情了好聚好散，在其中學習到人生難能可貴的道理。離婚，這宛如人生戰役的光榮勳章，你必須參與過，身陷重圍過，受盡很多折磨，才知婚姻真的有一大堆說不出的苦。

婚姻這堂課，感情這學問，我們這一代人幾乎都是在還沒準備好的人生狀態做出承諾，能天長地久不是有本事，是好運。走入滄桑中年，身為重新單身的大叔，勇敢面對曾經的失敗，才更能理解自己需要的是哪種關係。

大年初二下午，三個大叔約喝咖啡

重新回到單身狀態的第一個農曆新年，相當尷尬，大叔我成為一個大年初二沒有娘家要回的中年人。酒肉朋友們平常再活躍，農曆春節至少除夕初一初二一定在家裝龜演戲。為了不讓親戚朋友覺得怪（相信我，明明這個社會有一半以上的人已經離婚或接近離婚，主流價值就是覺得離婚是悲傷的失敗的），特別是一直希望我成家立業、趕快生小孩、一定要買房子、不要一直換工作的媽媽，覺得他唯一的兒子離婚後就是個孤單中年怪叔叔的候選人，因此我特地安排了大年初二的南下行程，也就是除夕和初一回媽媽家認真當孝子後，以工作考察和拜訪朋友為理由（在台北雜誌圈的正式說法是黃總編南巡喝酒喬事情談案子），初二一早開車南下直接和兩位好友約下午兩點在高雄漢神百貨附近的連鎖咖啡店。

大年初二下午可以約出來喝咖啡的大叔朋友，都是人生滄桑過的狠角色。兩位好友之一陳董，是我高中時代就認識的麻吉，他比我早結婚也比我早離婚，當年我準備離婚時第一個找的諮商對象就是他，我在意的根本不是怎麼分財產和辦手續，我跟他約在林森北路適合談事情的餐廳私人包廂直接問他，要怎麼跟老媽說我這兒子就是這麼不牢靠所以這個婚姻完蛋了——這時候能夠求助的就是這種有著多年鬼混默契、並且走過相似道路的學長了。陳董後來再婚，現在的老婆老家在高雄，所以每年初一南下到高雄待幾天。他知道我的處境，就幫我約了初二這個局。

一起喝咖啡的另一位大叔是陳董當兵時的朋友王老師，他是屏東人，現在住高雄，他也結過婚但現在單身，他的小孩平常跟他，但是初二這天說好小孩跟前妻過。於是大年初二的下午，三個離過婚的大叔就坐在咖啡館的戶外扯屁。王老師對命理有研究，他聽了我的故事後，給了我一句人生名言，這句話比我大學念哲學書認識的康德黑格爾傅柯德希達阿圖塞講得都深刻：「女人有兩種，一種來報仇，一種來報恩，請你想清楚要跟那一種在一起。」

好友深情對待，大叔深深感激

就是這樣了。從那年開始，大年初二下午在高雄和王老師和陳董聊天是我年度最重點行程，喝完咖啡王老師絕對不放我走，一定要請我吃在地巷仔內的沙茶火鍋，真的是有夠好吃的啦。那年，他不只初二跟我喝咖啡吃火鍋，他分析我的年度運勢發現我的財運需要補強，初三下午強迫陳董和我一定要搭他的車去車城的土地公廟拜拜補運。好友深情對待，大叔深深感激。

這幾年我最喜歡的電視節目是緯來日本台播出的《日本太太好吃驚》，介紹嫁給外國人、住在世界各地的日本女生，看她們認真地在世界各地過生活，可以了解不同文化不同區域的生活形態和飲食細節。但是每次看讓我一定落淚的，是女主角如何和男主角相識相戀相愛的過程描述（他們固定的手法是找演員們模擬當年的情節）。一個人愛上另一個人，常常是一念之間的決斷，但是如何確認對方就是那個要跟自己一起共度一生的人，並且付出極大的心力讓彼此在一起，這是好大的考驗。

關於前妻的事，還有不少電影和日劇演得真好，接下來讓我們透過三部好萊塢電影和三部日劇中的大叔男主角，看看這些大叔們和前妻之間的情意互動：三部電影分別是布萊德·彼特主演的《魔球》、《鋼鐵人》（Ironman）導演強·法夫洛（Jon Favreau）自編自導自演的《五星主廚快餐車》（Chef）、還有由馬克·魯法洛（Mark Ruffalo）主演音樂製作人的《曼哈頓戀習曲》（Begin Again）；三部日劇分別是中井貴一主演的《倒數第二次戀愛》、瑛太主演的《最高的離婚》和阿部寬主演的《下町火箭》。希望在感情路上受傷的幸福的掙扎的徬徨的脫隊的不知所措的你會喜歡……

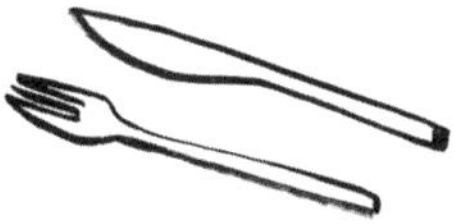

前妻電影三部

1《魔球》片中布萊德．彼特主演棒球隊總經理，前妻離開他之後有著美好感情生活……

這本書的原著我讀了好多遍，是為了知道更多大聯盟棒球的經營路線之爭和球員故事；改編成電影後我看了更多遍（還買了ＤＶＤ研究拍攝手法和場景調度），是為了更了解布萊德．彼特演的主角比利．賓（Billy Beane）這個人。他是一個經歷傳奇轉折人生的大叔：大學時期被認為是未來球星，但實際進入大聯盟表現平平，後來轉任球探，再成為球隊總經理，他堅持用統計數據的獨特信念，打破了美國職棒許多傳統觀念。

他的婚姻狀況不是電影的重點，但是他的女兒太搶戲了，提醒了我們這位大叔在他的事業之外可能有個不願提起的傷痛感情。劇中有一段他去前妻和她現在先生家，此段交代了她前妻離開他之後有美好感情（就是說前夫太熱愛棒球忽略了家庭啦）；後來帶女兒去樂器行，她彈唱了一首歌〈The Show〉，片尾男主角一個人在開車時也是放這首歌。

2 真希望能像《五星主廚快餐車》的主廚這麼好命，離開知名餐廳從頭開始，前妻和兒子一路相挺……

如果你愛看餐廳評論和飲食文章，這部電影很適合你看，你會看到個性主廚和偏執餐飲評論家的針鋒相對和互相欣賞；如果你是餐飲工作者，這部電影也很適合你看，你可以看到餐廳老闆如何跟明星主廚對幹，一家餐廳到底是靠什麼經營；如果你是和創作相關的高階專業人士，不幸中年離婚又和老闆吵架丟了工作，那你更應該看這部電影。

本片由電影《鋼鐵人》的導演強．法夫洛編導演，男主角是個主廚，他對於某個美食評論家在網路社群針對他的發言非常不爽，某次在餐廳現場跟美食家激烈對罵後，被老闆當場炒魷魚。有才華有個性的大叔不只在工作場域跟老闆翻臉，在感情生活上通常只會更糟。不過本片的主廚命好，她的前妻很挺他，還安排她的前前夫來幫助前夫，同意孩子跟著爸爸的餐車到美國各地擺攤。有這樣的前妻真好。

3 我很不喜歡《曼哈頓戀習曲》這個中文翻譯，

它的英文片名是《**Begin Again**》，是人生重新出發的意思……

本片似乎非常受到本地文青們的喜愛：用低成本的數位工具作音樂，

在迷人的紐約實現夢想，綺拉·奈特莉（Keira Knightley）主演的女主角很正之類的。我的原因都不是上面這些（真的是心境滄桑的大叔了），我覺得本片用舉重若輕的手法把男主角沉重的人生包袱拍得輕鬆寫意：他和唱片公司夥伴想法不再相同被解雇，他和結婚多年的妻子不再互相了解而分居，他到處酗酒直到在酒吧聽到女主角唱歌……儘管如此，他對他最喜愛的音樂仍有夢想，他跟女主角說，讓我們聯手，讓我為你製作專輯吧（不是跟我戀愛吧）！

所以這不是一部頹廢大叔和氣質女歌手的戀愛故事，而是在各自人生階段撞牆的兩個人，透過音樂彼此扶持、心靈相通、各自找到真愛的勵志電影。男主角最後搬回家和妻子展開新生活，女主角決定透過網路銷售她的音樂，而非透過唱片公司發行專輯。人生就是偶爾受挫掙扎再出發吧，別輕易放棄。

前妻日劇三部

1 何時能遇到《倒數第二次戀愛》劇中，跟中井貴一隨時隨地都可以鬥嘴的小泉今日子呢？

《倒數第二次戀愛》在二〇一二年第一季先推出十一集，同年底推出特別篇，二〇一四年推出《續．倒數第二次戀愛》共十一集。通常能推出後續的日劇不多，這齣應該是個特例。我想是因為所有的觀眾都想看中井貴一演的男主角到底要跟小泉今日子演的女主角吵到什麼地步才在一起，才會一直加演吧。劇中男主角的前妻意外過世，留下一個青春期女兒，跟著爸爸和叔叔姑姑過日子，女主角搬到他們家隔壁之後和他們全家成為好朋友。

最後から二番目の恋

男主角在劇中多數時間是跟其他女演員有藕斷絲連的曖昧關係，他很正直古板，不願意隨便跟想倒貼他的女子們更進一步。女主角跟他比較像是無話不談的心靈伴侶，許多段落他們倆飲酒長談的場面非常溫暖抒情。某段大叔男主角鼓勵熟女的慶生對白好讚，他說：「四十六歲的生日蛋糕就應該插上四十六根蠟燭啊，一根都不該少，因為每根都代表你的努力啊！」這真是大叔才說得出的成熟話語，學習中。

2 如果真的不適合在一起了，希望都能像《最高的離婚》的男女主角這麼俐落……

婚姻生活有許多難以言說或不知怎麼跟第三者解釋的情義困境，沒有前妻或前夫的人（就是沒有離過婚的人）常問有前科的人們這些奇怪不上道的問題，例如：你們還會見面嗎？你們怎麼還住在一起？你不是不愛她了為何要陪岳父喝酒？你們沒關係了她怎麼還跟你媽有話講？你們怎麼還會一起參加社交活動……關於這些疑問，本片幾乎都有深入淺出的描述和充滿機鋒的對白。這是一部我深深覺得有離婚經驗的人才能看懂的日劇。

瑛太主演的男主角的確是個超級自我中心的混蛋，尾野真千子這位太太真是個太過豪爽的婦人，如果他們有小孩或者他們稍微不要這麼勇敢地面對自己和對方，他們的婚姻也許就繼續下去了。妙的是，他們真正離婚後，似乎更能正視自己的缺點，更欣賞對方的優點，但是就不是會在一起的那種欣賞了。

3《下町火箭》裡男主角太專注事業，

原本欣賞他的太太決定離去，因為覺得他遠離夢想……

《下町火箭》阿部寬主演的男主角為了日本火箭發射認真研究零組件，他太太原本跟他是在大公司的同事，但是早年某次火箭發射失敗，男主角負起責任因而辭職，轉到中小企業從事有點相關的製造研發。由於中小企業競爭壓力很大，原本重視研發的男主角為了公司存亡必須取捨，太太看在眼裡，覺得先生失去了當初的理想，主動提出離婚，男主角也只能默默接受。

儘管如此，男主角在事業上碰到重大考驗、遇到競爭隊手惡意的法律訴訟，面臨公司倒閉危機時，他打電話給前妻請求幫助，希望對方推薦適當的辯護律師。前妻接到電話，男主角正事根本還沒開口，前妻就知道他所求為何，男主角只能說：「感謝你了。」前妻離開後，高中生女兒跟著祖母和男主角一起生活，男主角事業太忙，加上女兒正值叛逆期，父女關係緊繃。大叔難為啊，真的辛苦了。

偏見13

大叔身邊一定要有才女和紅粉知己

這是一篇感謝文，大叔雖然最常跟酒友們混，靠北一堆反社會反才女的激進言論，但其實身邊有很多前輩、才女和紅粉知己，沒有她們，大叔哪能這麼帥氣地在社會混吃混喝。

以下特別感謝這十八位女孩，她們在我成為大叔這些年，扮演重要的角色——

感謝有擔當包容我的陳社長

大叔我出社會二十幾年，唯一讓我有歸屬感的是容忍我待七年的雜誌社（廣告公司之類都不到兩年）。那些年先跟著詹偉雄大哥從科技財經雜誌學練功，然後和同事們創辦設計雜誌，那幾年是我這群夥伴集體創作的黃金年代啊！這背後是因為有一個比我大沒幾歲、超有擔當抱負的陳社長，她和詹大哥一群將近十個人創業辦雜誌，現在只有她還在那個位置上打拚。她可以當面痛罵詹大哥拖稿亂來，然後背著大家一個人躲在辦公室大哭，她是我最佩服的女俠老闆。

感謝一直跟我吵架的林資深經理

如果大叔我以後會得什麼編輯界的終身成就獎，這位林經理一定會是我得獎感言最先提到的前三位女性之一。關於得獎這事我已經看開了，我應該就是那種一輩子拿不到最佳影片最佳導演、到了老年拿個安慰獎的命。當年我離開雜誌圈轉進品牌服務編輯顧問業，是書店林經理比我更前面看到市場的變化，她和我談了一頓晚餐就決定走紅毯做新刊物，這些年每次跟她開會一定費心費力費時間，我的意見她的意見還有設計總監的意見一定都在打架。算了，輸她很多。

感謝邀請我寫大叔專欄的雜誌社社長

這批大叔雜文的開頭有幾個特殊的緣分，關鍵推手之一是幾年前我參與創辦的生活風格雜誌。我在創辦一年後離開，現在看來是對大家最好的決定，年輕的夥伴們比我更能掌握時代氣味和市場變動。現在的年輕女社長上任後，邀請我以某種方式協助她們，除了偶爾哈啦編輯技藝就是寫專欄了。我跟她說就當作我是一個沒辦法固定只跟一本雜誌終生廝守的多情大叔吧，我不會專屬於某本雜誌，但每本雜誌我都用了很多真感情去創作，而我一直想做新的東西啊！

感謝台中大容東街我的媽祖婆

感謝台中明華姐和進明哥（雖說這篇應該只感謝女性，但是他們兩位超越這些），雖然跟他們見面的次數一年都只有個位數，多少次在我最感無助憂愁的時刻，想到他們我就有力量面對這糟糕透頂的世界。當年我重新單身，身邊核心幕僚當然知道了，身為某種程度知名人物的我不知如何開記者會宣布。一次在南部採訪工作結束之後，不知所措的我開車到台中找他們求助，聊過天後我的人生重新開始，前途一片燦爛。第二次大好青空台中場的邀約當然重要得很，太感謝。

感謝連續三年和我對談日劇的潼妹

這本大叔雜文有很多日劇推薦，因為沒有日劇我的人生慘白。過去二十多年的人生若是沒有日劇陪伴，怎麼可能撐到現在。在我擔任設計雜誌總編輯的那幾年，曾連續三年在日本設計專輯和我對談的台灣日劇寫作才女第一人阿潼，那些年我們出外演講都互稱彼此是螢幕情侶，真是對阿潼歹勢了。能夠有那三年的整理消化思索，成就了大叔雜文的感情文章撰寫。這些年阿潼專注料理擺盤出神入化，大叔我忙著和酒友吃喝以及現實人生拚搏，一定要過得好啊。

感謝林口知鳥咖啡老闆娘情意相挺

話說第二屆大好青空開辦前，台中明華姐找我擺攤，我想弄個文青雜貨鋪，擺些文青時期保留至今沒丟的音樂專輯外國雜誌和書籍，但是光擺這些多無趣啊？那賣酒吧！搭配對味的麵包更好。要做麵包，我立刻想到林口知鳥咖啡的老闆娘。之前生活雜誌創刊號去過她家採訪她做的早餐，代表作。我到林口拉拉雜雜跟她說少年文青、後青春期和中年大叔的體驗，她安安靜靜地聽我講完，廚房座位來回幾趟看著我說，知道了，我們來做吧。麵包好好吃，終生感激。

感謝一起研發麵包口味的楊小姐

說到大好青空台中場那批麵包，當天限量總共只做了六十個，原本擔心賣不完，沒想到大概不到兩小時就清空。三款口味麵包的背後概念是這本書的核心，但是如何對應在口味上，好友楊小姐幫了我大忙。當時的她因為別的案子和我認識（仲介是宜蘭建築師王董），她除了幫導演老公打理工作室也自己接案，還抽空專門上課學烘焙做麵包。幸好遇到她，像我這種橫衝直撞的文青一想到新點子就亂來，她協助我和知鳥咖啡老闆娘溝通，促成文青雜貨鋪的麵包口味開發，感謝啦！

感謝協力擺攤的文青陳學妹

還是跟大好青空有關。這位文青學妹曾到我創辦的雜誌應徵，不過沒有成為同事。幾年後重逢，我要去大好青空擺攤的日子她正好在換工作的空檔，於是她和楊拍片人成為我的一日店員。更重要的是，擺攤前一個多月，因為某個通告我們一群人去台東然後搭我的車走南迴到高雄，路上閒聊提到「前世今生」，脈絡是她想換行業被油條大叔我痛斥，我建議她乾脆去算命別浪費我寶貴的諮詢時間，她氣不過回嗆：「那你去算過嗎？」就此我的人生大不同，立刻去預約。

感謝對企業運作熟悉的林妹妹

這些年做設計雜誌做生活風格雜誌做書店刊物，最大的收穫就是必須和年紀小大叔超過十歲很多很多的妹妹們相處，她們其實比想像中的世故聰明並且懂事。設計雜誌前期我認識了這位林妹妹，和她特別有話講，不只可以約她寫稿，一些資深電影人她竟然比我更熟，可以安排我去採訪。後來我才知道她明明對電影比較感興趣，但是因緣際會出國念法律，每當我身邊好友遇到法律糾紛或資金調度困境都找她諮詢。強烈建議文青身邊一定要認識這種連結俗世現實的轉譯者。

感謝小我十幾歲的教練啟發我鍛鍊身體

在創作領域必須相信天分這件事，我第一次聽這個年輕妹妹講搖滾樂就被她打敗，她推薦的搖滾樂真好聽，認識她一年聽她講的音樂可抵過去十年亂聽。後來因為拍攝通告跟她一起爬山，對於她走在陡峭岩壁的輕盈腳法佩服無比。這個妹妹小我一輪以上，但是我心服口服地叫她教練，認識她讓大叔我深深覺得過去幾十年浪費太多時間在熱炒攤跟酒肉朋友唬爛，應該多鍛鍊身體。接下來她計畫去山上過日子，祝她幸福。

感謝小馬前輩跟我鬥嘴

大叔這些年到處接案不僅需要年輕妹妹，更需要見過世面被現實折磨過並且具有古典傳播訓練的資深人手，小馬前輩就是這麼珍貴的古董等級國家寶物。出身正規商業雜誌的她和習慣打編輯游擊戰的我討論到題目製作和寫作方法一定在吵架，我最喜歡嘲笑她困在柏林愛樂等級的交響樂團演奏神話，提醒她現在是街頭爵士樂即興演奏的時代。不過，每當我遇到知識高度和研究難度極高的題材，一定請求她幫忙。對了，就是她推薦我去日本建築團，感謝再感謝。

感謝雜誌編輯圈的王製片

每個天才導演身邊一定有個超強的製片，每個瘋狂總編輯旁邊一定有個能幹的總經理，這些年的接案顧問生涯讓大叔我更加確信創意人就是創意人，千萬不要以為公司管理和財務分析是我們這種蠢蛋學得會的；別想了，這輩子不可能的。幸好幾年前我遇到這位王「製片」，她是很多出版社爭相邀請全職當總編輯、但她覺得照顧女兒當個接案主編更自在。我們從《民歌四十時空地圖》專刊開始合作，這兩年幸虧有她，太多才女都靠感覺，一定要有製片才牢靠。

感謝建築圈跨界藝術圈的曾才女

大叔我的確創辦過幾本挺厲害的雜誌，也寫過幾本暢銷書，但是執行不順或沒賣好的更多。有本幫宜蘭建築事務所的故事集可說是大叔編輯生涯波折不順的極致代表作，不過也因為多年的磨難，我認識了許多好咖，例如這位來自藝術圈的創作型才女，社會學背景的她年輕時待過建築雜誌，跟許多建築人相熟，不會被唬弄，看得到作品的本質。她擅長上山或在住家附近的路邊亂逛採集花草，用她巧妙的心思手藝想像力，把我們眼中的平凡事物轉化成具備藝術性和思想性的花藝創作。嗯，這就是才華啊。

感謝創作圈媽媽桑劉大嬸

最早叫我大叔的就是這位劉大嬸，當年我們在科技雜誌當同事，她在企劃部門，常常互虧三八沒長腦啊一堆扯屁話術，當下覺得這位年輕女孩是個可以用大人方式聊天吐嘈的好咖。後來她去了廣告公司寫烈酒文案，跟我保持聯繫，轉戰房產代銷公司依然記得找我出點子，現在我有綜合題材的品牌行銷案第一個就請她協助。和她熟識的朋友習慣叫她媽媽桑，不只是她懂酒愛喝，她更是約攤找人成局的好手，參加她的酒攤我認識了許多豪氣大嬸，趕快約下一攤。

感謝阿霞攝影師不離不棄

因為創辦設計雜誌，當年是攝影師學生的她成為核心團隊夥伴，轉眼間我們認識已經十年。近年好多拍照都靠她搞定，她早就不是什麼助手，是台日超搶手的文青跨親子圈的紅牌。這些年她跟攝影師、設計總監和總編我各有許多惡搞親密照，不適合公開；她的日本老公都知道，而且充分體諒。我們最喜歡去她桃園三代同堂的家吃飯，每次去都吃得好撐好滿足。我們總說若有地震颱風之類的世界末日，就先去她家集合，她們家的物資充足，絕對可以撐幾個月。

感謝宜蘭知青學姐的午餐開導

這幾年常去宜蘭找朋友，大多是為了建築事務所故事集的製作，次數多到一個程度，連建築師的家人也順便認識了。這位文青學姐是事務所黃老師的太太，她在宜蘭藝術文化圈是個超級有經驗的專業工作者，我身邊最多的就是做藝文生意然後灰頭土臉的朋友。只要我提出請求，文青學姐會在百忙之中安排一頓午餐陪我們聊天，隨口說些她在行政領域見識的奇聞怪事，不經意地詢問年輕人需要何種協助。跟這種長輩聊半小時，補充能量後再衝幾年沒問題。

感謝安老師提醒一定要更靠北激進

曾在大學任教多年的安老師是我的貴人和恩人，設計雜誌第三期前往她民生社區舊家採訪，封面選了她書房的照片，那期成為最暢銷的歷史名盤。每隔幾年大概就會因為工作採訪遇到她，她雖然回答的是訪綱上的問題，但我聽來都在解決我的人生困惑，她總是優雅輕鬆地描述公務機關公事公辦的愚蠢，明褒暗諷地形容建商如何決策。如果比我聰明至少十倍的她都還願意繼續苦戰，我在喊什麼累啊？

感謝瑪法達老師的星座分析

瑪法達是個女生，是個年紀比我大一點點的學姐，我剛出社會工作時短暫待過一個紙媒跟她同部門，但我很快就閃人，從此失聯。文青時期的我根本不懂星座，不知道星座分析很厲害。這些年成為大叔，深刻體會人一定要順勢而為，趨吉避凶，絕對不要跟著自己的感覺走，因為上了年紀的大叔付不起代價了。現在的我每週必看她的星座分析，完全照做；不僅要看自己的，身邊夥伴的也要一起研究。感謝瑪法達，讓我們這些大叔在茫茫人世有個參考方向往前。

偏見14

大叔覺得認真保養很重要

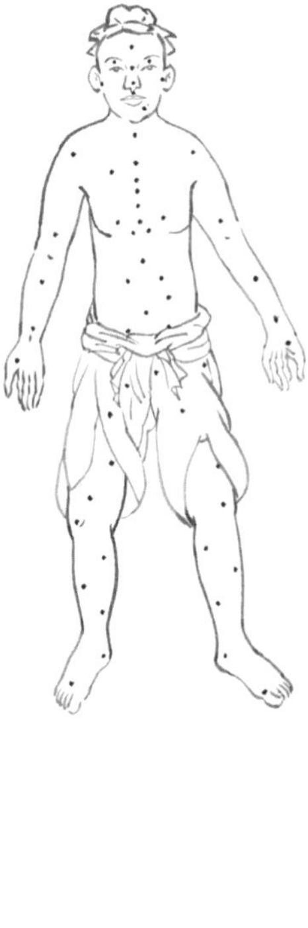

大叔就是中古車，要維修的地方一大堆；時間到了，該換的零件一定得換，甚至應該提早預防性地更換。到了大叔的年紀，不管是德國名廠還是台灣製造，多費心力保養就是了。以前打死不看健康飲食的書，現在吃什麼都有一番養生道理；以前熬夜吃喝是社交常態，現在晚餐愈吃愈少。熬夜？開什麼玩笑！大叔早就把本錢花光了。大叔當然覺得喝酒很重要，但是不鼓勵拚酒，量力而為就好。以下十條大叔對於身體保養的偏見，加減看看……

1 大叔覺得吃中藥是保養的基本動作

到了一定年紀之後，大叔身邊自然會出現對中醫死忠的朋友，大叔並不排斥，跟著他們去看老師問診。長期以來我有偏頭痛的困擾，也許是飲酒過量，也許是壓力過大，經過幾個老師的診斷，我是「考生命」，我的一生都在準備考試，思慮過旺，建議服用天王養心丹這類的藥方，補心安神。

2 大叔覺得純按摩太浪費，手技推拿才是王道

工作夥伴知道我常常偏頭疼，某次開會看我受苦，直接推薦我去找她求診多年的推拿老師。經過處理，老師跟我說所謂的頭痛不只是頭在痛，而是跟你的內臟有關，好比說腸子脹氣；偶爾感到胸悶，其實是你的肺受了傷（她推敲出我以前應該有抽菸）。推拿一次幾百元，它成為大叔例行保養的重要項目。

3 有些大叔開始上瑜伽課

大叔我開始上瑜伽課是因為一個小時候一起長大的朋友在住家走路十分鐘的地方開了瑜伽教室，因為不必去大型教室跟奇怪的同學和教練混，大叔覺得自在；再者老師上課的語言熟悉，聽得進去。所謂的瑜伽就是讓平常不容易伸展的肢體和深層肌肉動起來，每次上完課其實都相當累，很充實。

4 有些大叔盡量不吃晚餐

中年大叔的現實處境就是新陳代謝變慢，晚上吃喝太多造成身體太大壓力，因此一些有高度自覺和自我約束能力的大叔，認真貫徹晚上要在七點以前吃完，或者只吃某些容易消化的食物，不吃澱粉和油炸類。說真的，光是這樣，就可以減重並且讓身材明顯改善，大叔希望能夠持續執行。

5 大叔覺得精力湯、橄欖油……都是好東西

關於精力湯的養生效果，許多老師先進們各有各的成功版本，大叔覺得能多攝取水果蔬菜都是好事，至於不同門派的見解之爭，實在是太深奧了。橄欖油不但可以在烹調過程使用，沾麵包或直接淋在食物上非常好，大叔有位朋友每天早上要用橄欖油漱口至少十分鐘，據說對口氣和牙周病有效，聽說的啦。

6 大叔從前晚上愛約攤，現在早早就睡

根據中醫的論點，每晚十一點到凌晨三點是膽跟肝的排毒時間，這個時段盡量讓身體休息熟睡。大叔們從前總是在熱炒攤之類的飲酒場合搞到半夜，或者公司加班熬夜寫稿。現在統統不敢了，晚上約熱炒不如去上瑜伽課，稿子寫不完先睡再說，一樣要花兩個小時寫稿，我選凌晨五至七點，

晚上早點睡覺重要。

7 大叔們週末相約郊外散步透氣

開始早睡之後，白天的活動時間變多，以前晚上花在拚酒的時間，現在是一群大叔週末假日相約去郊山散步。大叔們的體能參差不齊，透過輕鬆的市郊活動，大家都能參與。重點還是會喝酒，但是一定是運動優先，到達山頂野餐一定配酒。偶爾下山傍晚直接前往鵝肉攤或炒牛肉之類的小店喝幾手再回家，暢快。

8 大叔認為喝酒要挑對時間

大叔愛喝酒，就是因為很愛所以有一些規矩，喝啤酒當然喝冰的最對味，若是體質偏寒建議盡量在有太陽的時候喝；葡萄酒非常適合白天搭配食物，人的味覺其實在中午特別敏銳（有此一說），要品嘗高貴紅白酒不妨中午開喝；台灣地區的高粱酒質好顧根本，身體狀況不如平常時還是可以喝。

9　大叔覺得泡湯是最好的調養

參加日本建築團旅行期間每天要泡兩次湯，如果晚餐前傍晚能泡就先泡，晚餐後略事休息，睡前一定要泡，早上我們會提早起床去吃早餐前再去泡一次。不要覺得麻煩，泡湯對於恢復體力大有幫助。每個人的體質不同，未必都要在最熱那池泡很久，冷水池對於皮膚收縮也大有幫助。泡湯是大叔的最愛啊！

10　大叔建議能住公寓就別住中央空調大廈

大叔是充滿偏見的人種，在這個多數人都覺得住豪宅才有成就的社會，大叔覺得若能找到坐落在有很多樹的巷弄、屋齡超過二、三十年但有保養的老公寓，其實住起來最舒服。大叔不喜歡吹冷氣，覺得開窗吹自然風才像人過的生活，老公寓通常格局方正有採光，使用面積跟權狀登記相符，貼近真實。

偏見15

大叔覺得回家陪媽媽最重要

幾乎每個大叔都有個疼愛他的媽媽，這是上天刻意的安排吧。不管是少年文青、還是後青春期，就算上了年紀成為大叔，媽媽擔心的沒什麼差別，幾十年都在提醒不要熬夜啦、不要喝太多酒、每天吃外頭記得要多吃蔬菜水果……標準不要太高啦、上次那個女孩看起來很乖、以後會對你好……之類的。

話說當年大叔們還是叛逆文青時怎麼可能乖乖念書，聽音樂看電影讀課外書樣樣都來。據一路念第一志願名校的大叔好友回憶，高三那年他很慘，因為高一高二都在混，到了高三模擬考，分數一公布他覺得完蛋了，全家上下特別是他的媽媽都認為高中第一志願的小孩一定會考上國立大學；但他心知肚明目前的成績充分反映他的實力，就是比落榜好一點點的掛車尾。他說那晚拿成績單回家和母親長談，希望母親提前做好心理準備他兒子要重考之類的。他母親平靜地跟他說，這是你自己的人生，你如果沒本事，我們也幫不了你；如果你念私立學校要花比較多錢，我們不是出不起，但是至少你要努力過。這幾十年聽這位大叔好友不只講過一次這段故事，每次聽他講都一定哭得亂七八糟，他說那晚之後他發憤念書，他覺得不能辜負媽媽。後來他真的考上理想的國立大學。

大叔的人生發展和媽媽的期待很不同

告別求學階段進入後青春期，大叔開始上班賺錢，媽媽的天職就是不斷提醒兒子不要一直換工作、要存錢、要趕快買房子、要趕快結婚、生小孩寧可早不要晚……後來的結果往往不如媽媽的意，大叔這個難以管理的人種，就是會讓媽媽失望。在台灣從事創意工作的大叔，怎麼可能只待一家公司；喜歡到處旅行增加生活體驗的大叔，怎麼可能認真存錢，賺到的錢總是優先當旅費；覺得流浪比安定迷人的大叔，怎麼會願意早早買個房子把自己套牢；至於結婚，大叔覺得真愛難尋，或者說喜歡的女孩總是愛別人，不是不願意進入婚姻，但是好多大叔在婚姻裡吃盡苦頭啊；生養小孩的事，大叔認為是緣分，但是媽媽覺得是義務，這件事吵了幾十年還是沒結果。

成為大叔之後，昔日的叛逆和後青春期自以為是的原則，有挺多的鬆動，小時候看運動轉播時絕對不容許被打斷，媽媽總是在球賽最緊要關頭突然命令你去倒垃圾或幫她搬東西，就為了這類小事親子關係緊張無比。大叔現在完全配合媽媽的指令，因為媽媽只有一個，比賽明年還有，再精采的比賽看重播也是可以的。以前出差工作，有時間能在外頭多吃一頓、多跟朋友哈啦一杯咖啡，就一定這麼做。但是從某個時刻開始，大叔想家了，不想再多花時間跟朋友去外面吃香喝辣，發自內心地覺得回家跟媽媽一起吃飯最重要。

該回家陪媽媽的時候一定要回家

一位長期在外頭應酬忙碌的大叔朋友和他媽媽發生過一段故事：幾年前他媽媽年度身體檢查時發現肺部有異狀，當時的他正在中部出差，當他聽到媽媽當晚要住院檢查，他從距離高鐵站還有一個多小時車程的地點飛車到最近的高鐵站趕回台北。他說沿路他不斷地反省為何自己這些年不多回家看他媽媽，他覺得這是上天給他的十二道金牌，提醒他該多回家陪媽媽了。

他的媽媽後來檢查出是前期癌症，必須進行幾次化療，每次化療必須住院幾天。這位過去每天都在台灣各地熱炒店活躍的大叔，因為工作需要還是會到吃喝現場洽公，但是八點一定收工離席而且不能喝掛。他說一定要清醒地回家然後趕到醫院睡在媽媽的病床旁邊陪她過夜，隔天再進公司。這位大叔做得對，該回家陪媽媽的時候一定要回家。

還有一位大叔朋友，他每個週末早上最優先的約會是陪他媽媽去菜市場，一方面是媽媽年紀大了買菜需要幫手提重物；另一方面是可以趁著逛菜市場陪媽媽聊天。他說傳統市場不同攤位的老闆幾乎都是他媽的朋友，跟媽媽一起去宛如打進媽媽的社交圈，媽媽挑選攤位自有她們獨特的邏輯：這攤的菜是自己種的、這攤的雞肉口感比較好、這家水果比較貴但是品質比較好……

最後要分享三部讓大叔邊看邊哭的日本電影，日本導演非常擅長處理媽媽和兒子曲折微妙的情感互動，大叔我掛保證，看了一定會哭的啦！

1《東京鐵塔：老媽和我，有時還有老爸》

大叔看到一半就崩潰大哭

這是所有年少叛逆過的滄桑大叔必看的電影，原著作者Lily Franky把自己前半生的真實故事寫成小說，男主角由小田切讓主演，老媽由樹木希林主演，不成材的老爸是小林薰，男主角的女友是松隆子。第一個哭點是男主角讀高中搭火車離家，他在火車上看媽媽跟她揮手的身影，一邊吃媽媽準備的便當大哭。後來媽媽搬到東京跟男主角同住，他努力抽時間陪伴媽媽，直到母親過世。

2 妻夫木聰版的《東京家族》

媽媽最擔心不成材的兒子

大叔我看的是二〇一三年山田洋次導演的版本，根據小津安二郎的《東京物語》翻拍。這類家族電影都有個不成材的兒子——本片中則是從事自由業的小兒子，由妻夫木聰主演，西村雅彥演的大哥是自己開業的醫生。他們的父母從鄉下到東京住一陣子，某天媽媽去小兒子家意外遇到他的女友（蒼井優主演），他媽和女友聊得愉快。後來他媽在東京大哥家昏倒，平靜地去世。他們全家一起面對這個意外，在醫院屋頂爸爸和小兒子對話那個場面真是催淚啊。

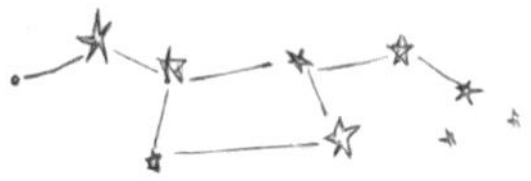

3 《橫山家之味》&《比海還深》

是枝裕和隨便一部電影都能讓人哭

如果一定要挑一位大叔我最想追隨的創作者，此時此刻應該就是日本電影導演是枝裕和了。我看《海街日記》的前面幾分鐘就確認了這件事，如何用流場的運鏡透過影像把人與人之間的情感不用言語地傳遞，我覺得他是當今第一人。二〇〇八年的《橫山家之味》講的是人生的遺憾，兒子帶著不被父母認同的妻小回家相處兩天；二〇一六年的《比海還深》講的是不得志的中年男性如何面對人生。是枝先生說，年歲稍長才知，追求成熟其實比成功更難。不能同意更多了。

inside story

這群大叔開車到都蘭吃喝，成立中年男子酒友會，行動代碼是都蘭餐桌……

關於都蘭餐桌，大叔酒友會是這樣開始的……都蘭位在台東縣，距離台東市大約半小時車程，前面是太平洋，後面是都蘭山脈，如果從台北開車經雪隧走蘇花開台十一海線南下，一直開不休息只上廁所六個小時以內能到。之所以會有都蘭餐桌這場經典聚會，跟中年男子酒友會有關，且讓我們從頭說起。

二〇一六年底大叔我會寫這本雜文集，最重要的啟發就是二〇一三年夏天我和幾位酒友們第一次去都蘭三天兩夜的吃喝行程。之所以會有那三天兩夜夢幻般的旅程，起因於那年春天一個四十歲的建築大叔終於通過國家考試成為有牌建築師。他很客氣要請好友們吃大餐，結果被攝影師好友帶去台北南區一家即將歇業的火鍋店，總編我隨手動員了幾位好友一同吃喝（就跟你說編輯不只是圖文整合，是跟氣味相投的夥伴即興創作）。年輕時從事美術工作的朋友（酒友會創辦人啦）隨口說，你現在是建築師，你要不要認識我在台東的一個很有個性的建築師朋友，那個黃總編已經採訪過，什麼？你沒見過？……因此我們開始規劃都蘭行程。

事後回想，首先必須感謝宜蘭王董，要是王董沒有通過建築師考試，就沒有大紅火鍋那一夜吃喝以及後來這一切；最最要感謝的當然是活動總策劃張創辦人，都蘭山上那座隱匿舒適的小木屋，那晚的星空和夏夜晚風，讓我們這些酒友們終身難忘。

出發當天，上天戲劇性的安排，超級喜歡開車的張創辦人自己的車沒得開（家中有事得把車留著），只好搭我的車到宜蘭找王董（車上聽他講手機處理一堆公事，開公司真的好辛苦）；從事拍片工作的小楊遇到資金調度的關卡得留在台北處理不能同車，決定傍晚搭高鐵到高雄轉南迴趕午夜前到台東；決定騎重機走蘇花的陳攝影師，前一晚已經到宜蘭借住王董家；擔心隔天展覽走不開的王建築師最後被我們綁架上車。行程就此展開，蘇澳午餐，花蓮訪友喝咖啡，晚餐後從花蓮開台十一線一路往南，大約晚上九點多抵達張創辦人在都蘭的度假小屋（這個小屋背後還有張創辦人和他幾組朋友共同買地興建的精采故事，以後他出書再交代）。晚上十一點多吧，張創辦人開車去台東車站把小楊接上山。

隔天我們和當時住在台東的主廚強泥會合，早上去拜訪當地建築師，下午除了逛台東市區的特色店鋪，最重要的是去市場採買晚上都蘭餐桌要料理的食材。當晚吃喝的項目其實記得不太清楚，事後看一堆照片才重現回憶。第三天早上我們被宜蘭王建築師帶去參觀台東史前博物館，跟建築師看世界真的會看到不同的風景。中午我們解散，老家在高雄的王董、當時正在開發職棒紀錄片拍攝的小楊跟我走南迴，展開史上難忘的南迴懺情掀背車之旅（車上三位大叔分別貢獻一段青春戀愛給朋友虧）。傍晚順利抵達高雄，小楊和我去看了一場職棒比賽，隔天早上回台北，下午兩點出現在某個會議。

對我們來說，都蘭餐桌這件事最重要的不是菜色和酒種，而是這群酒友們，以下是針對酒友會成員的偏見介紹，先說句感謝，你們改變了我四十歲後的人生，讓我成為一個更懂人生滋味的大叔……

偏見16
大叔喜歡和帶團能力高強的酒友出去玩

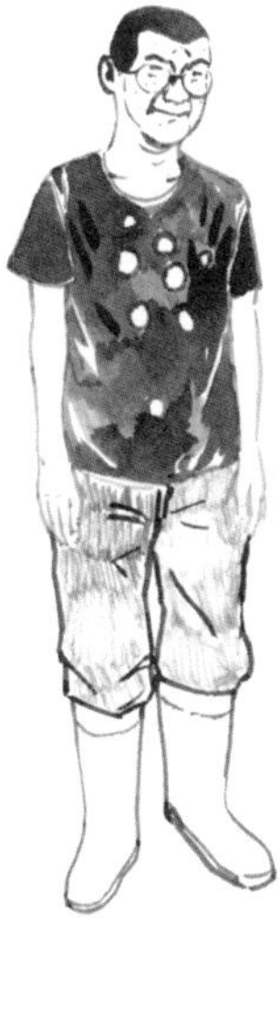

酒友會創辦人老湯姆

酒友會發起人在現實人生是本地知名袋包品牌的創辦人，媒體稱呼他張創辦人，跟過他吃喝的團員叫他老湯姆。湯姆是他過去十多年在品牌刊物發表文章的筆名，大家叫他老湯姆其實是尊敬他佩服他的意思。幾年前我們因為採訪工作認識，不算熟。某次農曆年前邀約，在氣氛舒適的食堂暢飲（那可能是我們第一次乾杯），我們發現大家在工作場合都被能幹的女性領導叫來叫去做小的（你只要在文創領域待過就知道我們在說什麼），我們深深覺得這樣跨公司跨領域的男性飲酒聚會真是太紓壓了。那年夏天一群大叔跟著老湯姆的規劃路線去了蘇澳花蓮都蘭台東吃喝，所有酒友們完全買單，深深覺得這樣的活動一定要固定舉行，酒友會就此成立。

老湯姆學生時代念美術，出社會後很長一段時間是做廣告美術和動畫創作，這樣背景的人，勘景力和吃喝發掘力超強。後來他和好友們自創品牌，與其說他們在賣衣服賣包包，他們其實是在傳遞一種島嶼特有的風土氣味和生活態度。他曾經連續三年擔任「好家在台灣」的策展人，把這個如果交給公事公辦的執行單位一定搞砸的活動搞得有聲有色，真是有本事。幾年前他出版了一本《在島嶼的角落升起營火》，是他邀請一群中國新生代文青來台灣玩樂的全紀錄，他帶路導覽安排兩岸文青交流，跟旅行團路線完全不同，讓那些文青無可救藥地愛上台灣。

如果台灣是明治維新之後的社會狀態，我覺得他會是最適合的文化部長……身邊的首席幕僚長。我心中最夢幻的部長人選是曾經在大學體系多年，被公務系統折磨經驗豐富、完全知道如何應付的安老師。不過現在我們還沒有明治維新（未來幾年是否會發生我們非常擔心啊），因此我的大學同學鄭部長更適合，她的政治歷練和留法經歷在這個草莽未開化的政治對立階段太適合台灣了。

我之所以覺得老湯姆是文化部幕僚長的首選，實在是因為跟著老湯姆到台灣各地拜訪工藝店鋪時，和年輕設計師學到好多在台北媒體圈根本不知道的學問，去在地的小吃餐廳吃到與時俱進的土地創意……靠，文化部不是要找偉大的音樂家或評論家或小說家去當官啦，最需要的是知道跨領域的資源整合者。至於為何他適合當秘書長而不是當部長，老早就說過了，大叔不懂當官的事，最擅長的還是吃喝。而且我們這些年習慣跟女性領導做事，大官留給她們吧。老湯姆最有產值的就是帶團吃喝，請湯姆嫂體認老湯姆不只是袋包品牌的湯姆，也不只是台灣的湯姆而已。他屬於世界，讓老湯姆多做些大格局的企劃，造福兩岸三地文青們。

偏見17

大叔喜歡和建築師朋友哈啦

最常缺席的宜蘭王建築師

宜蘭王董是酒友會的發起人之一，他是最常缺席的人。建築師總是很忙，似乎像安藤伊東那樣在世界各地趕場才是個咖。王董在港都成長，到台北近郊山上的大學念建築，退伍後在雪隧尚未通車的年代前往宜蘭建築學校工作，每次跟王董聊到那段週日深夜開車走北宜收假的歲月，他的眼睛總是泛著淚光。根據他的說法，那時候他常常一個人在宜蘭聽搖滾樂（英倫大團和台灣獨立音樂他都有聽）同時熬夜畫圖，然後很久很久才能回老家跟家人相聚。

通常建築師的綽號都是走有氣質有學問的路線（例如Ｘ Ｘ老師或Ｘ大），王董不同，他待人親切，專業知識透過他平易近人的口吻格外好懂。好多朋友聽了王董現場導覽田中央作品，才知道建築是這麼有故事性的創作啊！酒友會透過張創辦人，難得可以拜訪台東當地的怪咖建築師，看他的民宅作品：多少媒體採訪踢到鐵板，王董和他閒聊，一路從門縫寬度的施工細節，談到電吉他彈奏（他們私下都有練），毫不做作地把二十世紀現代主義大師密斯・凡德羅（Mies van der Rohe）的名言：「建築是凝固的音樂，音樂是流動的建築」當作閒聊素材。

我常跟年輕妹妹們說，大學時一定要交個念建築系的男朋友，跟他們到處看房子體驗空間，跟有才華的建築人會看到好多有趣的事。但不必跟他們天長地久，出社會後就可以甩掉，因為他們若是在大型事務所會一直加班沒空陪你，或者在小事務所衝撞賺不到錢，不管是哪一種反正就是沒時間或沒心力好好對你。

至於我跟王建築師相識相知相熟相許相處的過程，簡單說是因為我參與田中央建築事務所故事集《在田中央》的工作，他是內部主編我是外部主編，他的老闆是黃聲遠老師，我的老闆是詹偉雄大哥，這份工作耗時超過五年，快要上市了……那些年我們一起跟厲害的建築老師們開會、跟難搞的寫手們合作，經歷了許多悲傷心碎的事。因為有這段，有一天我們忽然覺得是非常要好的戰友。我們最常感慨的就是才能不如上一代的老闆們，而且他們的時機比我們好太多，很難混了；往下看年輕一輩自在地生活做自己，我們這輩夾在中間怎麼這麼痛苦。我們常常互相打氣，希望在未來幾年找到自己跟社會相處的位置，持續產出好作品。

偏見18

大叔喜歡為活得辛苦的年輕人打氣

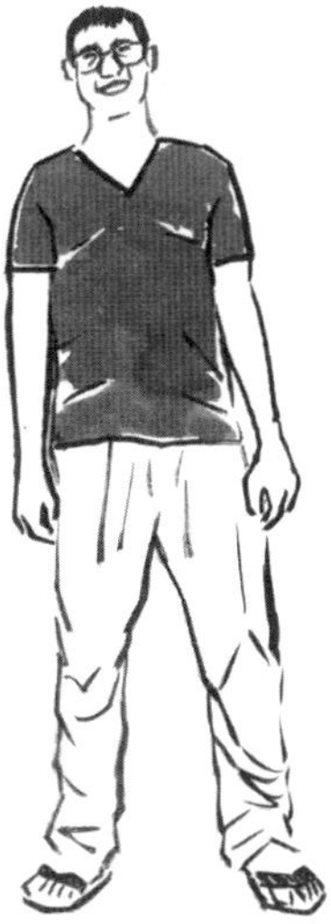

酒友會音樂播送員小楊

大叔酒友們聚會喜歡聽歌，在不同脈絡不同時機，會安排不同的歌單（開車、用餐、餐後、早起、打掃怎麼會聽一樣的音樂啦）。說到酒友會音樂的事，出發前一週我都會透過好幾次的電郵往返，囉哩叭嗦地提醒大家針對本次聚會主題準備音樂，最認真的一定是小楊（他年紀是本團體最小，適合叫小楊）。

酒友會的開車行程，我自己通常會準備至少六張去程、六張回程的音樂（重複說明一下好了，大叔我開的是十幾年老車現在還在用CD放歌）。小楊會帶厚厚一本CD收納夾，放他準備在車上播的音樂。到了目的地，他第一件事把裝滿音樂的小白筆電和有點陽春的外接喇叭就定位，開始放歌（這時候通常我也把該醒的幾瓶酒開好擺在桌上閱兵）。

小楊名片上印的公司是電影公司，不過在台灣拍電影的意思並不是你可以靠電影賺錢過日子，而是你要做很多別的事賺錢才能拍電影（通常是還前幾部戲虧本的債）。他這幾年到處接案，各種商業短片和行銷案都做，在誤入台灣電影這個賭場性質極高的產業之前，他曾在學學文創擔任好幾年的企劃工作。他之所以和我相識就是在那段時間，我受邀前往桃園某知名電腦品牌擔任教育訓練主講者，他是承辦人，我們一起搭車從內湖到桃園。在車上我隨口問他那年最賣座國片《海角七號》看了沒，小楊認真地回答我，他其實跟魏導工作過，大學念電影系時發現身邊多數同學都要當導演，他覺得台灣怎麼可能有這麼多導演，於是研究所去念企管，論文寫的是國片行銷。

我常常跟小楊討論製作和創作的事，台灣的文化領域一直沒把這兩件重要的事分開搞懂，在我長期工作的雜誌編輯領域是這樣，他所投入的電影產業似乎也如此。這幾年我們都跟公部門打交道，我常常勸他要逼迫自己比承辦人員和長官有好幾倍以上的才華和對現實理解的能力，才能不被打倒。這是我從山路超車體會到的真理：要超越前面的蠢蛋，你不能只有多幾十匹的馬力，你一定要比對手強大兩倍甚至三倍的實力，你才能超越他。這幾年大叔們在各自的江湖都很辛苦，別讓自己被擊垮，不必急著拿總冠軍，先打進季後賽再說。

偏見19

大叔喜歡和有個性的主廚朋友扯屁

酒友會主廚強泥

我跟酒友會主廚強泥相遇的地點大多不在台北，認識他這些年他住過台中台東和台南。我第一次遇到他在台中，那年春天我創辦生活風格雜誌時在台中辦活動過夜，當晚在一群朋友聚會初次相見，隔天中午去他當時開的小店用餐。

他和酒友會張創辦人曾是多年同事，酒友會第一次去都蘭時，他住在台東。根據張創辦人的分析，移居東部的人通常是失戀失業加上失去人生方向（補充，我知道大家看名人寫去東部生活都不是這個說法，大叔看事情直指核心）。人生走到大叔這個階段，有狀況的話通常不會只失去一個，而是三個一起失去。強泥是不是這樣，我沒機會搞清楚，因為我們每次見面，他不是忙著料理食物，就是和我們討論莫文蔚和張艾嘉唱的〈愛情有什麼道理〉版本差異……之類的話題。

我們最常幹譙的主題是為何台灣的料理那麼假掰，某次我看英國知名主廚傑米．奧利佛（Jamie Oliver）的節目超有感（奧利佛的節目太多，不是每次看都會有收穫），他在西班牙鄉間和幾個西班牙中年人一起做晚餐，主題是「Dinner with Rabbit Hunter」（這是節目分段的標題，用手寫，襯底色塊的質地是木頭）。大叔我是想當編劇的人，對節目對白的記性特別好，奧利佛說：「我們只用兔肉＋月桂葉＋大蒜＋酒，不做作，不假掰（不注重形式），用最簡單的方式料理……媽的，真是美味！」我跟強泥說，這就是大叔料理的核心概念了。

節目最後，奧利佛在海邊烤魚，把大把鹽、一顆蛋和少許檸檬切片混合，接著把魚肚塞滿某種香料，直接把整條魚放入鹽堆中烤。奧利佛說這種料理方式讓他深深體會西班牙人過去幾千年來對料理的認真、努力和在乎，然後旁白開始說一段西班牙歷史，鏡頭帶入遠方的自然景觀。我是個不會做菜的人，以上這些是我看節目的文字紀錄，因為有強泥這種朋友，偶爾跟他去採買、看他現場做菜，吃過他好多頓豪邁率真的在地派料理，味覺和心靈有進步，對於食材和料理工夫多了一些認識和體會。我真心希望台灣以後多些可以讓人快樂罵髒話說讚的料理。

偏見20

大叔覺得懂審美
比念很多文學哲學社會學有用

酒友會一代宗師 Poco

Poco 是我文青時期就認識的廣告美術大咖，成為大叔後在酒友會跟他重逢。張創辦人和他認識，他們都是學美術、會畫畫、對於形狀線條材質超有感受力和創作力的視覺人。幸好我待過廣告公司、跟過厲害的創意總監，在雜誌圈跟的老闆是詹偉雄大哥這路重視感官視覺的總編輯，跟 Poco 這樣的大師哈啦還行不漏氣。某次酒友會南下走西濱，我們跟著他去海邊小路看樹葉看石頭看沙粒在地上呈現的模樣……靠，念文學哲學社會學沒用啦！不懂美談什麼思想。

稍微說仔細一些，二十多年前我在廣告公司還是菜鳥文案時，Poco 已經名號響亮。當時我服務的廣告公司常常去他位在敦化北路的工作室開會，那是台灣廣告業輝煌盛世的末期，除了做商品廣告（汽車、家電……），那時候我們一起做過藝人包裝和唱片設計。

我覺得台灣是個忘性特別強的社會，加上過去二十多年媒體環境變化太快，我們根本不珍惜過去很多大師的創意表現。我所知道的日本創意圈就不是這樣，他們對於一九八〇年代商品廣告的那些傑出作品和厲害大師的作品一本一本出，許多品牌特別邀請這些大師進入公司的最高委員會（台灣不用啦，因為人家做的是品牌，我們就是跑腿幫傭）。我覺得就是整個社會對歷史和前輩的尊重，才能使日本的創意表現持續往前（這跟什麼紙媒數位沒有關係啦！我們就是不懂不尊重創意啊，里約奧運閉幕式上東京奧運的預演就是最好的證明）。

這些年我很珍惜每次跟Poco喝酒哈啦的時間，過去兩年我們跟厲害的登山朋友們爬都蘭山和小觀音，他和我都是用街友裝備跟著重裝夥伴們走完全程。他爬山時常拿著路邊撿到的樹枝當作拐杖，說也奇怪他挑的樹枝造型就是特別好看，然後他爬山一定手拿罐裝啤酒邊喝邊爬，我們尊稱他「一代宗師」的起頭其實是這個。每次我們約吃喝，他帶的下酒菜和水果總是最受歡迎，我每次放有歷史的華語歌，例如波麗佳音時期珍貴的蔡琴專輯、或是翻唱李宗盛情歌的林憶蓮現場版，他可以補充當時台灣唱片工業背後的人事糾葛和感情內幕，真的很高興他是酒友會的一份子。

extra
酒友會的郭泰源和真田廣之

真正的郭泰源（昔日台灣棒球王牌投手）和真田廣之（日本演技派男星）我都不認識，不過我們酒友會裡有兩位好手分別具有他們的特質。

先說郭泰源，指的就是昔日跟我在設計雜誌配合的陳攝影師。陳攝影師在台北文青圈有「陳雪巴」之稱。雪巴指的是高山專業嚮導，因為陳攝影師身手矯健，完全不像文青到戶外肉腳沒用。我想到十幾年前做棒球書採訪國手們，得知當年郭泰源不僅練習時表現出色，晚上喝飲料也完全面不改色。在某次酒友會週末郊山活動，陳攝影師比大家晚出發，大概就是我們已經走到一半他才到山下入口，最後他走在大夥前面。

酒友會的郭泰源最讓人敬佩的，是他可以在大家拚命追酒、激烈爭辯正在播的歌曲有無更好版本的時候，保持攝影師不受現場干擾的冷靜特質。他會退到遠遠的一個地方（我怎麼會知道他到底在現場哪個位置拍的，因為我總是身陷酒攤之中），拍下好多驚人動人感人的照片事後分享給大家。酒友會很多好照片就是這樣來的。在工作場合身為總編的我常跟他討論如何拍出客戶容易買單的照片，我總是說了一堆，但是你覺得郭泰源會聽總教練建議怎麼配球嗎？但是身為教練的我該說的還是要說，勝投拿到就好，這就是我認識的郭泰源。

所謂的廣之，指的是設計雜誌鐵三角的美術總監黃大師，他是我們幾位飽受婚姻折磨的受難者第一個脫困的，自從他重生後，神采飛揚帥氣逼人，天氣再熱照樣穿長袖襯衫和緊身褲搭配尖頭靴，帥氣模樣神似真田廣之這位日本男演員。髮型一定有seto過，五官立體，一個人憂鬱抽菸的模樣更是迷死一堆女孩。

廣之最強大的能力是他開車不會累，他曾經一天開車走西邊到墾丁然後往東環島開回台北，還有一次週五下午三、四點從台北開車到台南，七點跟我們吃燒烤，吃完晚餐九點開車回台北（廣之不喝酒所以可以這麼辦）。廣之現在的人生進入最閃亮的階段，他和他的舒淇女友（打扮路線和儀態氣勢有夠像）上山下海出國旅行非常快樂。他知道我單身後給我的建議是：別耍帥，身邊一定要有人陪。我知道這其實是他的心得，廣之在遇到舒淇前有夠忙，汽車右前座不夠坐；現在只跟舒淇忙，這樣很好。

以上就是酒友會夥伴的簡介。會長張創辦人有交代，酒友會有開放名額，原則不多，首先你得能夠一個人單獨參加聚會（就是拋家棄子不管事業好幾天覺得還好），再來就是你的專長不能和我們既有會員重疊（例如我們的會員已經有一位未來很有機會拿到普立茲獎的建築師，念建築的朋友就不用來申請了）。

最後一點也是最重要的，就是你跟我們有話講，覺得我們這樣吃喝很過癮，至於你的酒量有沒有很好、是否有頭有臉其實不重要。建議先約個路邊熱炒口試，如果你聽我們幹天幹地幹社會一整晚，覺得我們根本不偏激而是這個社會真的有問題，同時覺得我們去吃喝的場所有意思的話，那麼我們也許有緣。

back note

成為中年大叔
更懂人生滋味

當小時候喜歡的球員進入名人堂

開始覺得自己是個大叔，是從小時候喜歡的球員教練、幾年前紛紛退休進入名人堂這件事開始意識到的。通常運動員會在三十好幾接近四十歲時退休，隔幾年之後才有資格角逐名人堂資格。當你喜愛的球員們一個又一個進名人堂，身為資深球迷的大叔知道，自己不再年輕了。

每次看這些球星進入名人堂的公開致詞，超級感人一定落淚，這些名人堂大咖幾乎都是從小時候陪他練球的老爸老媽開始感謝起，一路感謝到高中教練到職業階段的誰誰誰，再強悍愛裝酷的球星常常講沒幾句就開始哽咽，說到激動處淚流不止，身為觀眾的我完全捧場跟著大哭。年輕時以為天下都是自己打下來的，年紀稍長才知道世界有多兇險，人生有多複雜。

當小時候聽的搖滾樂化身經典名盤

運動之外，這些搖滾樂專輯也提醒我是個大叔了。少年文青時期亂聽了一大堆奇奇怪怪的音樂，每想到幾十年後這些專輯竟然開始有二十年精裝款、三十年經典版或四十五年的紀念版。我每次逛唱片行遇到這類專輯完全沒有抵抗能力，例如來自愛爾蘭的搖滾樂團 U2 在二〇〇七年發行了一九八七年經典專輯《The Joshua Tree》的盒裝紀念款；英國傳奇樂團滾石在二〇〇二年將他們在一九六〇年代剛出道的那些專輯重新發行，模擬黑膠唱片的厚紙外殼但是裡面放的是 CD，當時我在歐洲旅行搜刮了好幾張；英國老牌樂團 The Who 有張專輯《Who's Next》是我個人的最愛，當年我買的是錄音帶，一九九五年時樂團特地重新發行這張一九七二年出版的專輯，收了一堆當年沒放進去的歌，這張 CD 是我在日本二手店找到的；地下絲絨的夢幻名盤很多，這些年偶爾就會遇到什麼「45th Anniversary Super Deluxe Edition」字眼的專輯，不買很難；讓我花最多錢的是工人皇帝布魯斯．史普林斯汀一九七〇年代那幾張厲害專輯的紀念版，他們費盡心思把當年巡迴演唱的小海報和錄音室裡的文件做成筆記本形式的出版品，連同CD和DVD一起賣，實在是太殺了。

這些搖滾樂沒變，但是聽的人變了：昔日文青跟著朋友一起聽，有種集體成長的興奮；後青春時期工作忙碌，好多音樂放在那兒忘了要聽；成為滄桑大叔之後，覺得這些搖滾樂統統要重新聽過，其實以前根本沒有聽懂，經歷了人生許多磨難，現在重聽才聽得到更多深刻的滋味。

編輯大叔的三個創作階段

大叔我能夠在台灣從事創作相關的活動進入第三個十年（廣告文案和出版寫作↓雜誌編輯圖文整合↓創意服務混合接案），混吃混喝混到中年，其實是上天賞飯吃。第一個十年，我跟著廣告公司的前輩們學到許多，如今的我覺得那些創意總監、美術指導和犀利的客戶們開拓了我的眼界，並且告訴我什麼是做出好創意必要的事，這些原理原則成為我一輩子最受用的基本功。第二個十年我參與好多本雜誌的創刊，這幾年產業變化劇烈，我常跟過去十多年的雜誌工作夥伴說，屬於我們的黃金時期應該過了，但我不會感到悲傷，因為我們曾經心領神會地集體創作，足夠我回味一輩子了。第三個十年從我不再專職當某本雜誌的總編輯開始算起，我開始協助不同的企業和品牌，提供創意諮詢和內容服務，我期許自己要屬於這個時代、屬於台灣、屬於那些勇敢往前的客戶，品牌企業若有需要，做本雜誌當然沒問題，非常樂意。

繼續往前的時候，需要回望過往。特別要提的是第一個創作十年最重要的回憶——《在台北生存的一百個理由》這本書，它是我和四位好友在三十歲以前集體創作的代表作。如果有一天我進入這個行業的名人堂（大叔想得真多，根本連入圍都沒有已經在想終身成就的事），屬於我的光榮片刻（The Moment of Glory），一定有一大塊是一九九八年這本《在台北生存的一百個理由》的我們大家。

我在二〇一六年新版序言寫著：「大家辛苦了，請繼續揮棒投籃奔跑加速……幹天幹地幹社會幹藝文圈，這輩子曾經有幾年跟你們一起罵髒話想內容聽搖滾樂，不知死活地拚命抽菸熬夜寫電郵來回數十次，真是太美好的青春畫面了。」

時間是賊，時間是詩，時間是艾雷島，時間是揪背車和四驅休旅車，時間是我們一起創作扯屁的那些日子……感謝大家。

這本書的作者不只是我，而是酒友會的大家

這本大叔雜文的最後，我把原本規劃要寫在這本書的一些文章標題列出來，實在是氣力放盡，真的被太多客戶追殺，無法完成。未來如果有機會的話，我真的很想把它們都寫出來。如果這本書賣得好，大家捧場，我一定加速寫稿產出。就跟你說了嘛，大叔偏見真的很多，這次先寫二十個，其他的下次再寫。

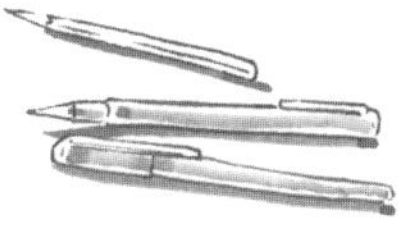

大叔喜歡上了年紀的樂團：U2、Rolling Stones、Southern All Stars、Rod Stewart、The National、Wilco、Mr. Children……

大叔喜歡看音樂人藝術家的傳記：Bono 訪談、Keith Richard、Bob Dylan、Leonard Cohen……

每個中年大叔都有喜歡的妹妹：幾十年前的鄭華娟、當年的日本音樂團體 My Little Lover、現在的新垣結衣和長澤雅美……

大叔懷念這些台灣電影：《風櫃來的人》、《光陰的故事》、《海灘的一天》、《最愛》、《一一》……

大叔愛看運動員人生故事：鈴木一朗、Joe Torre、徐生明……

大叔愛看的戰爭電影：《怒火特攻隊》、《搶救雷恩大兵》……

大叔愛看的飲食電影：《夢饗米其林》、《天使威士忌》……

就是這個樣子了。最後一定要跟酒友會的大家說，這部書的作者雖然是我的名字，但你們才是真正的創作者。真心感謝過去幾年和你們吃喝的時光，你們給我的太多，我只能透過寫作和編輯回報。這就是中年大叔的生活偏見，二〇一六年首發版。

catch 226
中年大叔的 20 個生活偏見

作者　黃威融
插畫　張嘉行
照片提供　王士芳　王弼正　李盈霞　陳敏佳
張嘉行　楊士賢　黃昭文　黃威融
編輯　林怡君
設計　李美瑜　賴美如
校對　金文蕙

法律顧問　董安丹律師、顧慕堯律師
出版者　大塊文化出版股份有限公司
台北市 105022 南京東路四段 25 號 11 樓
www.locuspublishing.com
讀者服務專線 0800-006689
TEL 02-87123898　FAX 02-87123897
郵撥帳號　18955675
戶名　大塊文化出版股份有限公司

總經銷　大和書報圖書股份有限公司
新北市新莊區五工五路 2 號
TEL 02-89902588　FAX 02-22901658
製版　瑞豐實業股份有限公司

初版一刷　2016 年 11 月
初版二刷　2022 年 10 月
定價　新台幣 380 元
ISBN　978-986-213-741-3
Printed in Taiwan

國家圖書館出版品預行編目 (CIP) 資料

中年大叔的 20 個生活偏見 / 黃威融作 . -- 初版 . --
臺北市 : 大塊文化 , 2016.11
328 面 ; 13x19 公分 . -- (catch ; 226)
ISBN 978-986-213-741-3(平裝)

1. 文集　855　105017731